JN209828

おちゃめなふたごの探偵ノート／新学期

イーニッド・ブライトン／作
田中亜希子／訳
加々見絵里／絵

POPLAR KIMINOVEL

こんにちは！パットです！
イザベルです！
春休みが終わったら新学期だね！
転入生もいるのかな？またみんなで真夜中のパーティーやりたいなぁ
わー やりたーい！
また先生にもいたずらしちゃう？
楽しみ〜！
いよいよ新学期！今度はどんな「事件《じけん》」が起こるかな…？

おちゃめなふたごの
探《たん》偵《てい》ノート

あらすじ

セントクレアズ学《がく》院《いん》に通う、
ふたごの姉《し》妹《まい》パットと**イザベル**。

春休みが終わって、ふたごのクラスには
なんと**転入生が5人も！**

しかも全員**超《ちょう》個《こ》性《せい》的《てき》**……!!

そんな中、授《じゅ》業《ぎょう》中《ちゅう》にいたずらしたり、

夜中にテストのカンニングをつきとめたり、

誘《ゆう》拐《かい》されたクラスメイトを救《すく》いだしたり、

ふたごの毎日は
ドキドキはらはらが
止まりません！

おもな登場人物

オサリバン家のふたごの姉妹《しまい》

パット
本名はパトリシア。正しいことをはっきりいえる。少々怒《おこ》りっぽい。

イザベル
やさしくてよく気がつく。かっとなったパットを助《たす》けることも。

転入生

セイディ・グリーン

ものすごいお金持ち。見た目にこだわっている。

ボビー・エリス

本名はロバータ。勉強にあきるといたずらをする。

カーロッタ・ブラウン

かっかしやすい。頭の中はとんでもないアイデアでいっぱい。

プルーデンス・アーノルド

いたずらがきらいで、自慢《じまん》が多い。告《つ》げ口《ぐち》や。

パメラ・ボードマン

成績《せいせき》はトップだが内気な性格《せいかく》。

ふたごのクラスメイト

キャスリン・グレゴリー

おどおどしがち。
動物が大《だい》好《す》き。

ヒラリー・ウェントワース

一年生のまとめ役《やく》。
明るくたのもしい。

ジャネット・ロビンズ

思ったことをすぐに
口にする、いたずら好《ず》き。

ドリス・エルワード

ユーモアたっぷりで
人をすぐに笑《わら》わせる。

アリスン・オサリバン

ふたごのいとこ。美《び》への
あこがれが強すぎる。

シェイラ・ネイラー

お金持ちで
お高くとまっている。

先生たち

ロバーツ先生

若《わか》くてきれいな
ふたごの担任《たんにん》の先生。

マドモアゼル

フランス語の先生、
「なげかわしい」が口ぐせ。

ウィルトン先生

スポーツ部の
顧問《こもん》の先生。

シオボールド先生

セントクレアズ学院《がくいん》
の院長《いんちょう》先生。

2年生

マージェリー・フェンワーシー

運動神経抜群《うんどうしんけいばつぐん》。元ふたごの
クラスメイトで先に進級。

ルーシー・オリエル

頭がよくて明るく楽しい。
マージェリー同様に先に進級。

もくじ

おちゃめなふたごの探偵《たんてい》ノート

1 学校にもどる……10
2 学校生活になじむまで……17
3 ロバーツ先生の授業《じゅぎょう》……26
4 五人の転入生……32
5 ボビー、いたずらをする……39
6 ジャネットはこまった子……45
7 ジャネット、ボビー、そしてプルーデンス……53
8 カーロッタ、みんなをおどろかす……59
9 プルーデンス、発見する……66
10 マドモアゼルの授業《じゅぎょう》での大騒動《おおそうどう》！……74

11 カーロッタの秘密《ひみつ》……84
12 ボビー、ショックを受ける……94
13 テニスの三試合《しあい》とアクシデント……100
14 ボビーとビスキャット……108
15 プルーデンスは告《つ》げ口《ぐち》や……117
16 院長先生、三人と話す……125
17 セイディ、手紙を受けとる……134
18 とんでもない夜……142
19 カーロッタ、助けにいく……150
20 学期の終わり……158

1 学校にもどる

「これから四週間のお休み！　うれしいなあ。ずっとお天気でありますように！」

春休み最初《さいしょ》の朝、ベッドの上で体を起こしたパット・オサリバンが、元気よくいいました。

すると、ふたごの姉妹のイザベルが、寝返《ねがえ》りをうって、あくびまじりにいいました。

「学校だとチャイムで起きなきゃいけないでしょ。それがないのは最高《さいこう》ね。わたし、ねむい」

「えー、わたしはねてなんかいられない。すごくいいお天気！　ほらほら、起きてお庭に行こう」

パットがベッドをぴょんとぬけだしましたが、イザベルはまたねむってしまいました。

パットはひとりで着かえると、階段《かいだん》をかけおりました。

ひさしぶりのわが家のすべてが、目新しくて刺激的《しげきてき》で、同時に、おかえりと手をさしのべているように感じられます。

ふたごがそれぞれのやり方で楽しむようすを見て、ママはクスクス笑《わら》いました。

「あなたたちって見た目はそっくりだけれど、やることはまったくちがうことが多いわよね。とにかく、せいいっぱい楽しみなさい。四週間なんてすぐに終わってしまうわ」

「えー、そうかなあ。四週間って十分長いでしょ！」とパット。

ところが、あっというまに二週間がすぎて、ふと、パットがいいました。

「ひさしぶりにテニスしない？　わたしたち、レッドルーフス学園にいたときはテニス部の部長だったけど、セントクレアズ学院《がくいん》のテニスはレベルが高いらしいから、ちょっと心配」

そんな小さな思いつきがきっかけで、春休みの残《のこ》りがつぶれることになったのでした。

ふたごは友だちのケイティの家のテニスコートでテニスをしました。

メンバーは四人。ふたごとケイティとケイティの友だちのウィニーです。

ところがテニスのあと、ウィニーがおたふく風邪《かぜ》にかかっていたことがわかりました。

ケイティはおたふく風邪《かぜ》にかかったことがあるので、おそらくうつりませんが、ふたごはかかったことがないので、うつっているかもしれません。

心配するママに、パットがいいました。

「わたしたち、外でテニスしてただけだから。平気、平気」

「だといいのだけれど。ただ、症状《しょうじょう》が出ていなくてもうつっていることがあるのよ。だからふたりとも当分、人と会ってはだめ。おたふく風邪《かぜ》の場合、うつってから症状《しょうじょう》が出るまでの潜伏期間《せんぷくきかん》が長めだから、残念《ざんねん》だけど、新学期のスタートにはまにあわないわ」

ふたごは、がく然《ぜん》としてママを見つめました。

「そんな！　新学期の初日《しょにち》をのがすなんていや。最高《さいこう》にもりあがるんだから。どうしてもだめ？」

「そうねえ……ママがお医者さんにきいてくるわ」

そしてお医者さんの答えは「三週間は家を出てはいけません」でした。

これでは学校が始まってから一週間は行けません。

パットもイザベルも、がっかりして泣《な》きそうになりました。

暗い顔のふたりに、パパが笑《わら》いながらいいました。

「ふたりともよほど学校が好《す》きなようだな。休みが一週間のびて喜《よろこ》ぶだろうと思ったんだがね」

「最初《さいしょ》の週は、みんなといっしょに始まるのが最高《さいこう》なの。ああ、ウィニーったら、なんでおたふく風邪《かぜ》になるの？　わたしたちのスタートをだいなしにして」

怒《おこ》るパットをママがなだめます。

「こういうことは起こるものよ。くよくよしないの。おまけの一週間の休みを楽しんでみたら？」

潜伏期間中《せんぷくきかんちゅう》、ふたりは出かけることも、だれかと遊ぶこともできず、たいくつでした。

おたがいに、ひとりじゃなくてよかった、と思いました。

「みんな、わたしたちがいなくてさびしいと思うかな」

新学期の初日《しょにち》、パットがぽつりというと、イザベルがすかさず答えました。

「もちろん、さびしがるでしょ。わたしたちのことはアリスンがみんなに伝《つた》えてくれるでしょうね。それにしてもあぶなかった。アリスンが泊《と》まりにきてたら、アリスンも学校に行けなくなるところだったもの。今ごろみんな、列車に乗って、客車でわいわいしゃべってるころね」

パットもいいます。

「転入生はいるのかな。新しい先生は？」

イザベルがしゅんとした顔になります。

「休み明けに持ってきたお菓子《かし》をみんなで分けっこするでしょ。わたしたちが学校に行くころには、何も残《のこ》ってない。あーあ、わたしたちも今日、学校にもどれたらよかったのに」

「イザベル、おたふく風邪《かぜ》にかかった感じする？　頭やあごや耳の下が痛《いた》むとか」

「ぜーんぜん。おたふく風邪《かぜ》の症状《しょうじょう》が出て、学校にもどる日がさらにのびたら最悪《さいあく》」

そのとき、部屋に入ってきたママがいいました。

「気持ちを切りかえて、あと一週間、せいぜい楽しみなさい。ふたりともたぶん、おたふく風邪《かぜ》にはかかっていないわよ。明るくすごして、来週、学校に行くのを楽しみにするといいわ」

ふたりはママのアドバイスにしたがって、庭でくつろぐ日々《ひび》を送りながら、潜伏期間《せんぷくきかん》の最後《さいご》の日をむかえました。お医者さんにも確認《かくにん》して、やっと明日から学校に行けます。

いよいよ当日、ふたごはママにつれられてロンドンに行くと、セントクレアズに向かう列車に乗りました。

ふたりとも、うれしくてたまりません。

もうすぐみんなとまた会える。わくわくでいっぱいの学校生活にもどるのね！

列車をおりると、タクシーで学校に向かいました。

やがて、遠くに大きな白い建物《たてもの》が見えてきました。

「なつかしのセントクレアズ、また会えてうれしい。みんなは何をしてるかな？」とパット。

ふたごが学校に着いたのは、お茶の時間でした。

食堂《しょくどう》のドアを開けたとたん、にぎやかな声がふたりの耳に飛《と》びこんできました。

楽しそうな女の子たちの声です。

ふと顔をあげたジャネットが、ドアのところにいるふたごを見つけました。

「パットにイザベル！　もどったの？　やったあ！」

ジャネットとヒラリー、キャスリンも席《せき》を飛《と》びだします。

三人はふたごを一年生のテーブルに引っぱっていくと、席《せき》をつくってすわらせました。担任《たんにん》のロバーツ先生がふたりにうなずいて、笑顔《えがお》でむかえてくれます。

そのあと、ふたごはみんなから質問《しつもん》攻《ぜ》めにあいました。

「おたふく風邪《かぜ》は、もういいの？」

「アリスンから話は聞いたわ。初日《しょにち》にもどってこられないなんて、運が悪かったわねえ」

「マドモアゼルが、ふたりにとても会いたがっていたのよ。そうですよね、マドモアゼル？」

「親愛《マ・シェール》なるパット。フランス語の授業《じゅぎょう》には、あなたとイザベルがいてくれないと。『なげかわしい！』としかる相手がいないのは、さびしいかぎりです」

マドモアゼルがまじめくさった声でいってみせます。

同じテーブルに、転入生が五人いました。

転入生たちはふたごを見て、こんなにみんなに喜《よろこ》ばれて、ふたりとも人気者なのね、と感心しました。

パットは思いました。

ああ、セントクレアズにもどれて、最高《さいこう》！

❷ 学校生活になじむまで

学校にもどれるのは、なんてうれしいことでしょう。

おしゃべりや笑《わら》い声を聞いたり、あちこちにある本の山を見たりするのも。

笑顔《えがお》の先生たちに会えるのも。

りんとした生徒《せいと》会長、ウィニフレッドの姿《すがた》をちらっと見かけたり、スポーツ部の総部長《そうぶちょう》、ベリンダと言葉を交わしたりするのも、とにかくわくわくします。

お茶のあとには、ベリンダがふたごに会いにきてくれました。

「ふたごちゃんたち、ひさしぶり！　今学期にやるスポーツはテニスね。ふたりとも得意《とくい》だとうれしいんだけど。他校との試合《しあい》で勝ちたいのよね」

答えたのはパットです。

「わたしたち、前の学校ではけっこうやっていたんですけど、あまり自信《じしん》がありません」

すると、ジャネットがにっと笑《わら》っていいました。

「これはびっくり！　初《はじ》めてここに来たときとは大ちがい。あのころの〈つんつんふたご〉だったら、すぐに『テニスは大得意《だいとくい》なんです』っていったでしょうね」

「ジャネットったら、やめてよ」

パットはばずかしそうにいいました。

セントクレアズに来たばかりのころ、パットとイザベルは〈つんつんふたご〉とよばれて、自分のまわりに壁《かべ》をつくっていたことを思い出したのです。

するとこ今度はルーシーがパットの腕《うで》に自分の腕《うで》をするりとからめ、会話に入ってきました。

「ジャネットはからかってるだけよ。ところでパット、今学期からわたし、二年生になったの」

「なるだろうって思ってた」

パットはさびしい気持ちでいいました。

前学期、ルーシーは家庭の事情《じじょう》で授業料《じゅぎょうりょう》が払《はら》えなくなり、学校をやめそうになりました。けれども、努力《どりょく》してチャンスをつかみ、今学期は進級して、奨学金獲得《しょうがくきんかくとく》を目指す上級生たちとともに勉強することになったのです。

「マージェリーも学年があがったのよ」とルーシー。

そのときマージェリーがやってきました。背《せ》が高くて、見るからに運動神経《しんけい》がよさそうです。

マージェリーはふたごの背中《せなか》をぽんとたたいて、いいました。

「おかえりなさい！　わたしも二年生になって、すっかり上級生の気分なの。わたし、すっごくがんばってるんだ。そうでしょ、ルーシー？」

「ええ、ほんとにね」

ルーシーとマージェリーは親友どうしです。

「ほかに進級した子は？」

多目的室《たもくてきしつ》に向かいながら、イザベルがみんなにたずねました。

ジャネットが答えました。

「ヴェラだけ。あとは、わたしたちの学年は同じ顔ぶれ。もちろん、転入生はいるけどね。ところで、あなたたちのいとこのアリスンが、転入生のひとりにべったりになってる。アメリカ人のものすごいお金持ち。セイディ・グリーンっていうの。ほら、あそこ」

ふたごはひと目でその子がセイディだとわかりました。

着ているのは、みんなと同じ学校の制服《せいふく》ですが、最高級《さいこうきゅう》の生地で最高《さいこう》の仕立てです。髪《かみ》はきれいにセットされ、つめは美しくみがかれています。

パットは目を丸くして、いいました。

「うわっ、見た目にこだわりすぎ！　なんでこの学校に来たのかな？」

ジャネットが首をかしげます。

「さあ、どうしてだか。セイディの頭にあるのは、ファッションのことだけ。おかげで、マドモアゼルを怒《おこ》らせてばかりいるの。あと、アメリカなまりにくわえて、下品なハリウッド映画《えいが》風《ふう》の話し方で、ロバーツ先生が何度直しても、だめ。あなたたちのおバカないとこには悪影響《あくえいきょう》ね」

そこでパットがきっぱりいいました。

「アリスンにちゃんといってやらないとね。ところで、あの子はだれ？　見るからに迫力《はくりょく》！」

ヒラリーがいたずらっぽく笑《わら》っていいました。

「あの子はわれらがカーロッタ・ブラウンよ。マドモアゼルよりかっかしやすいの。頭のなかは、とんでもないアイデアでいっぱい。でも、

とびきりおもしろい子よ」

パットはこうしたなんとも楽しいニュースに、すっかりうれしくなりました。

「ああ、やっぱりセントクレアズは最高《さいこう》ね！　転入生がいるのってそれだけでわくわくする。ただ一年生の三人が二年生にあがってしまったのは、さびしい……とくにルーシーとマージェリーは、いないとさびしく感じるだろうな」

夕方になり、パットとイザベルはにぎやかな多目的室《たもくてきしつ》をあとにして、荷ほどきのために寮《りょう》の自分たちの部屋へ向かおうとしました。

すると、ヒラリーが声をかけてきました。

「ふたりとも六号室よ。わたしもいっしょ。ジャネットと、転入生のプルーデンスとカーロッタも。キャスリンとシェイラもよ。どこが自分たちのベッドかは見ればわかるわ」

部屋にはベッドが八つおかれていました。それぞれのベッドの周囲《しゅうい》には白いカーテンがあり、小部屋のように仕切ることができます。

パットは六号室に入ってすぐ、ふたりのベッドを見つけました。イザベルととなりどうしです。

「イザベル、ほら、急いで。わたし、また下に行っておしゃべりがしたいの。あと、ほかの三人の転入生の話を聞いてないでしょ。いいなって思った子がひとりいた。鼻がつんと上を向いてて、目元をくしゃっとさせて笑《わら》う子」

「うん、わたしもいいなって思った。ジャネットとふたりでふざけてばかりいたでしょ。きっとあの子もいたずら好《ず》きね。パット……今学期もおもしろいことになりそう！」

かたづけが終わると、ふたりは寮母《りょうぼ》先生と院長先生にあいさつに行きました。

「お入りなさい！」

顔をあげた寮母《りょうぼ》先生は、ふたごを見てにこにこしました。

「いたずらっ子たちが帰ってきた！　やれやれ。この一週間、あなたたちがいなくて、それはもう平和でしたよ」

ふたごはにやにやしました。

みんな、寮母《りょうぼ》先生が大好《だいす》きなのです。良識《りょうしき》があってとてもおもしろい先生です。ただし、ハンカチをなくしてばかりいたり、やぶけたストッキングをすぐにつくろわなかったりしようものなら、ただではすみません！　ただちに先生によびだされます。

それに、大きなびんの薬をいくつも持っています。生徒《せいと》が病気のときに飲ませるのです。

ふたごは寮母《りょうぼ》先生の部屋をあとにして、院長先生のもとへ向かいました。

「どうぞ」

ふたりはなかに入りました。

やさしい院長先生のことは大好《だいす》きですが、先生の威厳《いげん》に気《け》おされて、いつもきんちょうします。

「おや、オサリバン家のふたごですね。ごめんなさい、まだどちらがどちらか見分けがつかなくて。あなたがパトリシアかしら」

院長先生がそういって見たのはイザベルです。

イザベルは首を横にふると、笑《わら》いながらいいました。

「いいえ、イザベルです。鼻のそばかすがパットより少し多いんです」

「では、ふたりがいっしょにいるときは、そこを見ればすぐにわかりますね。さて、ふたりとも、今学期はがんばって勉強してください。能力《のうりょく》はあるのですから、トップをねらえるはずですよ」

ふたりは、ほこらしい気持ちで院長先生の部屋をあとにしました。

勉強をがんばろう、テニスも水泳もがんばろう、と心に決めています。

ふたりが多目的室《たもくてきしつ》に着いたのは、ちょうど夕食の時間でした。

みんな、にぎやかにおしゃべりをしながら、食堂《しょくどう》に行きはじめています。

ジャネットは転入生と腕《うで》を組んでいました。

鼻がつんと上を向いていて、目元をくしゃっとさせて笑《わら》う子です。

「パット、イザベル、紹介《しょうかい》するね。この子は一年生の悪い子代表のボビー・エリス！」

あっけらかんとした雰囲気《ふんいき》があります。ふたごはすぐにそこが気に入りました。

「ボビーって本名？　男の子の名前でしょ？」

パットがたずねると、ボビーが教えてくれました。

「そうね。本名はロバータ。男の子の名前のロバートと同じで、ロバータの愛称《あいしょう》もボビーなの。だからわたしはいつも、ボビーってよばれてる」

夕食をみんなとかこむのは、なんて楽しいのでしょう。

おしゃべりに耳をかたむけるのも、ぶあついパンに、びんづめ肉やジャムをぬるのも。ミルクたっぷりのココアを飲んだり、「お砂糖《さとう》をとって！」と声をかけたりするのも。

夕食のあと、みんなは多目的室《たもくてきしつ》にもどり、ラジオをつけたり、レコードをかけたりしました。編《あ》み物《もの》をする子も、本を読む子もいますし、たまにただくつろぐだけの子もいます。

ねる時間になるころには、ふたごは学校にもどって何週間もたった気分になっていました。

パットはジャネットのベッドまわりのカーテンのすきまに頭を入れてたずねました。

「ジャネット、今学期の授業《じゅぎょう》ってどんなふう？」

「それはもうキツイのなんの！　夏休み前の今学期、わたしたちはお日さまのかがやく外に出たくてたまらないでしょ。なのに、ロバーツ先生におしりをたたかれまくってる。来学期は、できれば二年生にあがらないといけないからなんだけどね」

けれども、ふたごはロバーツ先生の数学の授業《じゅぎょう》のきびしさを想像《そうぞう》しても、学校にもどった最初《さいしょ》の晩《ばん》の幸せ気分は少しもしぼみませんでした。

早く明日にならないかなあ。

❸ ロバーツ先生の授業《じゅぎょう》

つぎの日の朝、ふたごはチャイムが鳴る前に目を覚《さ》ましました。

横になったまま、小声でおしゃべりを始めます。窓《まど》からは五月の暖《あたた》かな光がさしこんでいます。

そのうちチャイムが鳴って、部屋の八人はベッドを出ました。

ふたごはアリスンを見て目を丸くしました。いつもと頭がまったくちがいます。

「アリスン、どうしちゃったの？　ひどいヘアスタイル。映画《えいが》スターのつもり？」

パットの言葉に、アリスンは小さな口をむっと曲げていいかえしました。

「セイディはこのほうがすてきだって。セイディは……」

すると、ジャネットが口をはさみました。

「アリスンって近ごろ、そればっかり。こわれたレコードみたいに『セイディは……セイディは……セイディは……』」

みんながどっと笑《わら》います。

「そうしたほうがぜったいにすてき《ワナフル》！」

ドリスはセイディのアメリカなまりをかんぺきにまねて、「ワンダフル」を「ワナフル」と発音しました。

それを聞いた、当のセイディまで笑《わら》います。セイディはなんとも人当たりのいい子なのです。

ドリスがさらにいいました。

「アリスン、ロバーツ先生は派手《はで》なヘアスタイルをあまりいいと思ってないでしょ」

「うん、でもセイディは……」

すると、すぐにみんながアリスンの口ぐせをとらえて、大合唱《だいがっしょう》を始めました。

「セイディは……セイディは……セイディは……！」

みるみるうちに、アリスンの目に涙《なみだ》がたまります。

ジャネットがよく通る声でいいました。

「パットにイザベル、あなたたちのいとこって、あいかわらず簡単《かんたん》に涙《なみだ》の蛇口《じゃぐち》を開けるのね」

みんなが自分の涙《なみだ》にうんざりしているのがわかって、アリスンが顔をそむけます。

セイディがアリスンの腕《うで》にするりと腕《うで》をからめました。

「泣《な》かないの。あなたはかわいいんだから。みんなにからかわれないように守ってあげる」

ふいに、パットのとなりから小さな声がしました。

「あの品のないアメリカ人と親しくするなんて、あなた方のいとこは何を考えていらっしゃるのかしらね。おふたりがいらしてよかったわ。セイディはクラスに悪影響《あくえいきょう》を与《あた》えていますもの」

パットが横を向くと、声の主はプルーデンス・アーノルドでした。

かわいい顔なのですが、口元に気の強そうな感じが表れています。瞳《ひとみ》はうすいブルーです。

そのとき朝食のチャイムが鳴ったので、パットは返事をしなくてすみました。ジャネットがいたので、そっときいてみました。

「あの子がプルーデンス・アーノルド？　優等生《ゆうとうせい》って感じ」

「うん。優等生《ゆうとうせい》のいい子ちゃん。いたずらがきらいみたい。あと、本人の話では、イギリス上流階級の半分と親戚《しんせき》なんだって。何かというと、すぐに自慢《じまん》が始まる」

いい子ちゃんといえば、ルーシーはほんとにいい子、とパットは思いました。

同じいい子でも、プルーデンスのことはぜんぜん好《す》きじゃないな。

それはたぶん、ルーシーはユーモアがわかるけど、プルーデンスはわからないから。

その日の午前の授業《じゅぎょう》で、ロバーツ先生は前の週の成績《せいせき》を発表しました。

あとひとりの転入生、パメラ・ボードマンはトップでした。

プルーデンスはまんなかくらいの順位《じゅんい》。

セイディ、アリスン、カーロッタ、ドリスは下のほうで順位《じゅんい》を争《あらそ》っています。

ふたごは興味津々《きょうみしんしん》でパメラを見ました。ふたりはもうすぐ十五歳《さい》。一年生で最年少《さいねんしょう》の十三歳《さい》の子が学年トップになるとしたら、すごいことに思えます。

ただ、パメラは勉強しすぎな子に見えました。かなり小柄《こがら》で顔が青白く、大きなめがねをかけています。

ロバーツ先生は、成績最下位《せいせきさいかい》グループの四人に注意しました。

「カーロッタ、みんなに笑《わら》いかけている場合ではありませんよ」

カーロッタが先生をにらみます。けれども先生は気にとめず、たんたんと話をつづけました。

「ドリス、あなたが一年生をやるのは四学期めです。なのにまだ最下位《さいかい》でいるあなたを見るのには、ほとほと嫌気《いやけ》がさしました。今学期は補習《ほしゅう》をしましょう」

「はい、先生」

ドリスがぼそっとこたえました。

ドリスはたしかに劣等生《れっとうせい》ですが、学校のだれよりもおもしろい子です。先生や生徒《せいと》のまねをしては、クラスじゅうを爆笑《ばくしょう》させる人気者です。

ロバーツ先生はアリスンを見ました。

「それから、アリスン……今朝はあなた、髪《かみ》をととのえるのをわすれたようですね」

アリスンはひっしにいいわけを始めました。

「いいえ、ちがうんです、先生。セイディが新しいヘアスタイルを教えてくれたんです。セイディがいったんです。わたしの顔のタイプは――」

それでもけっきょく、アリスンは髪《かみ》を直しに教室を出されました。

みんなは先生にいわれて、数学の計算問題《けいさんもんだい》にとりかかりました。

プルーデンスとパメラの席《せき》はとなりどうしです。

プルーデンスはパメラのノートをぬすみ見て、計算の答えが同じかどうか、確《たし》かめました。

ジャネットがヒラリーをつつきます。

「さすが偽善者《ぎぜんしゃ》のプルーデンス、平気でパメラのノートをぬすみ見してる！」

ジャネットはしゃべっているのがバレないように、机《つくえ》のふたを開けて、小声でいいました。

ヒラリーがうなずきます。それから意見をいおうとしたものの、先生と目が合ってやめました。

ふいに、おしころしたような笑《わら》い声がして、先生はあたりに目を走らせました。

ボビーがインクの吸《す》い取り紙をプルーデンスの頭に、気づかれないようにそっとバランスよくのせたのです。

やがて、紙がふわりと床《ゆか》に落ちました。プルーデンスはびっくり。

いたずらは成功《せいこう》しましたが、先生に見つかりました。

ボビーは計算を全問正解《せいかい》するまで休み時間はなし、といいわたされました。

アリスンの髪《かみ》さわぎから始まって、なんともたいへんな朝でした。

４　五人の転入生

それから一日か二日もすると、ふたごはすっかり学校生活になじみました。

夏休み前の今学期、学校全体でとりくむスポーツとして、ラクロスは休みになりますが、代わりにテニスと水泳があります。どちらも最高《さいこう》にやりがいのあるスポーツです。

スポーツ部顧問《こもん》のウィルトン先生は、見こみのある選手《せんしゅ》をすぐに見つけだしました。

二年生になったマージェリーは、どのスポーツでも優秀《ゆうしゅう》で、テニスの腕《うで》もずばぬけています。

ウィルトン先生は喜《よろこ》びました。スポーツ部の総部長《そうぶちょう》ベリンダにいいます。

「マージェリーはパワーがあるわね。校内大会で上級生をたおして優勝《ゆうしょう》してもおかしくないわ！」

「もしそうなっても、かまいません。ほかの学校との試合《しあい》で勝ってくれるなら。おそらく、わが校の代表選手《せんしゅ》はマージェリーになるでしょう。わたしよりうまいんです」とベリンダ。

テニスの力量《りきりょう》でいえば、ふたごもそうとうなもので、ウィルトン先生はふたりのプレースタイルを高く買っていました。

「ふたりとも、しっかり練習なさい。一年生の代表選手《せんしゅ》になれるかもしれないわよ」

ふたごはうれしくてまっ赤になりました。できるかぎり練習しよう、と心に決めました。

ウィルトン先生はアリスンのことは、こまったものだと思っていました。

「暑いし、よごれるし。髪《かみ》が汗《あせ》で首のうしろにはりつくし」と文句《もんく》をいってばかりなのです。

「アリスン、あなたにはうんざり。見た目ばかり気にして！」

ボビーがいいました。思ったことをいつもそのまま口にしてしまいます。

いとこをかばおうとして、パットが口をはさみました。

「前の学期のあいだにぐっといい感じになったんだけど。ラクロスはとてもがんばったし」

「でも、セイディは……」

アリスンがまた口ぐせをいいはじめました。

すぐにまわりのみんなが声を合わせていいはじめます。

「セイディは……セイディは……セイディは……。セイディはなんていってるの？」

アリスンがつんとそっぽを向きました。

セイディも、テニスなんてどうでもいいと思っています。

気にかけていることは服や髪《かみ》や爪《つめ》に肌《はだ》、あとは映画《えいが》だけです。

テニスも水泳もやろうとしません。水がきらいなのです。

アリスンも同じです。水に入るなんてがまんできません。「氷みたいに冷《つめ》たーい！」と声をあげます。

転入生のうち、ひとりだけ、テニスも水泳もすっかり気に入った子がいました。ボビーです。気ままでだいたんなボビーは、ウィルトン先生をプールに落とすことまでやってのけます。

ボビーがつぎに何をやらかすかは、予測不能《よそくふのう》です。

見るからに、だれにも、何にも、気をつかいません。規則《きそく》や罰《ばつ》のことなど気にせずに、好《す》き勝手にやります。

ただ、テニスはうまいですし、速く泳げます。ほかの転入生でスポーツが得意《とくい》な子はいません。

プルーデンスはスポーツが苦手です。時間のむだだといっていますが、本当は得意《とくい》ではないからです。

その一方で、自分は話が得意《とくい》だと思いこんでいて、しょっちゅうほかの子と政治《せいじ》について議論《ぎろん》しようとします。すると、ジャネットはいつもこんなふうに声をあげました。

「ああ、もうだまって！　その手の話は討論会《とうろんかい》にとっておいてよ。意見をふっかけたり、ひけらかしたりするのをやめて、まともなことをしたら、みんなと仲《なか》よくできるのに。あなたってじつはおバカだと思う。簡単《かんたん》なトランプすらできないじゃない！」

「トランプはギャンブルへの道だと父はつねづねいっています」

プルーデンスのお父さんは聖職者《せいしょくしゃ》で、ギャンブルにつながりそうなことに関しては、娘《むすめ》にとてもきびしくいいきかせていました。

「それと、ハンフリー・バートレット卿《きょう》と結婚《けっこん》したわたしのおばは……」

プルーデンスの言葉に、みんなはうんざりした声をあげました。プルーデンスのごりっぱな親《しん》戚《せき》の話に、すっかりいやけがさしていたのです。何かというと親戚《しんせき》の話が会話にさしこまれます。

パメラはテニスと水泳に夢中《むちゅう》になりましたが、うまいとはとてもいえません。

「ここに来る前はずっと、学校に行く代わりに家庭教師《きょうし》に教わっていて、その家庭教師《きょうし》はスポーツをしなかったから……。どっちみち、わたしは勉強が好《す》きで、スポーツには興味《きょうみ》がなかったの」

そういって、パメラはみんなにいいわけをしました。

パットが注意します。

「『勉強ばかりで遊ばないと、子どもはだめになる』っていうでしょ。外の空気をすって！」

カーロッタはそれまでテニスをしたことがありません。

サーブを打っても特大《とくだい》ホームランにしてしまいます。

水泳も同じような調子です。カーロッタは水は好《す》きなのですが、とにかくいいかげんに手足を動かして、バシャバシャ水しぶきをあげて泳ぎます。

その年の五月は暖《あたた》かく、いい天気がつづきました。

水泳は本格的《ほんかくてき》におこなわれ、毎日のテニスのせいで、サービスライン*あたりの芝生《しばふ》は、ふまれてすっかり短くなっています。

生徒《せいと》の大半は、学校の敷地内《しきちない》にある学校農園で何かを育てています。

勉強の虫のパメラも、ガーデニングは気に入っていて、花の世話をしています。

学校では、丘《おか》の上や森のなかの自然散策《しぜんさんさく》も行います。

セイディとカーロッタは自然《しぜん》の動植物の知識《ちしき》がおどろくほどないようで、おもしろいまちがいをいくつか口にしました。

たとえば、セイディがびっくりした顔で「オタマジャクシってカエルになるの?」といったときには、みんなが笑《わら》いました。

そんなごくふつうのことを知らないなんて、想像《そうぞう》もできません。

このとき、セイディはこういいわけしました。

「だって、アメリカでは母とほとんどホテル暮《ぐ》らしで、母は訴訟《そしょう》でいそがしかったんだもの。父が亡《な》くなったときに残《のこ》したおかしな遺言《ゆいごん》のせいで、遺産《いさん》がわたしたちに入らないことになってしまって。訴訟《そしょう》には何年もかかったけれど、母の主張《しゅちょう》は通ったわ。だからわたしは二十一歳《さい》になったらお金をもらうことになっている。正当な遺産《いさん》をね」

「じゃあ、あなたは将来《しょうらい》お金持ちになれるの？　だから、そんなにすてきな服や物を持っていらっしゃるのね」

プルーデンスがうらやましそうにいいました。

それ以来《いらい》、プルーデンスはいつもセイディにくっつくようになりました。

ジャネットがフンとばかりにいいます。

「プルーデンスったら、未来《みらい》のお金持ちにとりいろうとしてる。パメラの知恵《ちえ》を借《か》りられるようにパメラと仲《なか》よくなったと思ったら、おつぎはセイディ。プルーデンスの腹黒《はらぐろ》人間！」

すると、パットがたしなめました。

「その言い方はちょっと意地悪《いじわる》でしょ。セイディはやさしくておおらかだし、パメラもいい子。だから、わたしたちもふたりと仲《なか》よくなりたいんじゃない」

サービスライン…テニスのコートに引かれる線。ネットをはさんだそれぞれの陣地《じんち》のほぼ中央に、ネットと平行に引かれる。

「まあ、プルーデンスをかばいたいならそうすれば。わたしは、あの子は腹黒《はらぐろ》いと思う。いい子ちゃんなところが、がまんできない。ボビーだって、がまんできないでしょ？」

ボビーもうなずきます。

ボビーには腹黒《はらぐろ》いところがありません。いつもありのままの自分を見せています。だれにも気をつかわず、気にせず、あっけらかんとした態度《たいど》をとってはいても、やさしくて気さくで誠実《せいじつ》です。

ある朝、パットは一年生をぐるりと見わたしながら、イザベルにいいました。

「今学期、一年生にはいろんな子がいるでしょ。なんだかけんかが起こりそうな予感！」

5 ボビー、いたずらをする

二、三週間もすると、一年生は授業《じゅぎょう》にしっかりとりくめるようになりました。ロバーツ先生は何がなんでも一年生をがんばらせたいのだとわかったからです。ジャネットは来学期にみんなと二年生になりたいので、ひっしに勉強しました。

けれども親友になったボビーは根気がなく、勉強にあきるといたずらで気をまぎらわせます。いたずらや冗談《じょうだん》にかけては、いつもジャネットが秀逸《しゅういつ》でしたが、ボビーはジャネットの十倍は独創的《どくそうてき》でした。

数字が苦手なボビーが、ある朝、ため息まじりにいいました。

「数学の授業《じゅぎょう》を十分短くできたらいいのに。今日は授業《じゅぎょう》の終わりに口頭で試験《しけん》があるでしょ」

すると、ジャネットが提案《ていあん》しました。

「だったら、授業《じゅぎょう》を短くする方法《ほうほう》を考えればば？　ロバーツ先生が見てないすきに、時計の針《はり》を進めることができたらなあ」

「一分だけ教室の外に出てくれたら……。でも先生はそんなこと、ぜったいにしない」

ボビーの言葉に、パットがいいました。

「あなたが先生にそうさせたら？　いつもアイデアを思いつくじゃない。やってみてよ」

ボビーは「やってみて」にはいつでも受けてたつのです。パットを見て、にっと笑《わら》いました。

「わかった。じゃあ、数学の授業中《じゅぎょうちゅう》に先生を教室から出しちゃうね」

みんなは、わくわくしてきました。

ボビーはしばらく考えたあと、一時間めの地理の授業《じゅぎょう》が始まる前、だれもいない多目的室《たもくてきしつ》に行きました。

便《びん》せんに大人っぽいきちんとした字で、伝言《でんごん》を書きます。

「至急《しきゅう》、教員用の休憩室《きゅうけいしつ》にお越《こ》しください」

それをふうとうに入れて表に「ロバーツ先生」と書くと、自分の持ち物の棚《たな》にかくしました。

数学の授業《じゅぎょう》の前の休み時間になりました。

ボビーはこっそり多目的室《たもくてきしつ》に向かいました。そして、かくしておいた伝言《でんごん》のふうとうをとりだすと、ジェンクス先生の教室へ行きます。ロバーツ先生の教室のとなりです。

ボビーはふうとうをジェンクス先生の机《つくえ》において、そっと教室を出ました。

にっと笑《わら》って、心のなかでつぶやきます。

「ジェンクス先生はふうとうのあて名を見て、まちがって自分の机《つくえ》におかれたんだと思う。それで、生徒《せいと》にロバーツ先生のもとへ持っていかせる。で、なかの伝言《でんごん》を読んだロバーツ先生は、先生用の休憩室《きゅうけいしつ》に急いで行く。わたしは先生のいないすきに時計の針《はり》を動かす！」

チャイムが鳴り、ボビーもふくめたみんなが教室に入りました。

ロバーツ先生もやってきて、「今日は授業《じゅぎょう》の終わりに十分間の口頭試験《しけん》を行います」といってから、数学の授業《じゅぎょう》を始めました。

そのころ、二年生の教室でも、ジェンクス先生が授業《じゅぎょう》を始めたのですが、少しして、ボビーの計画どおり、机《つくえ》にロバーツ先生あてのふうとうがあることが発覚《はっかく》しました。

「テッシー、ロバーツ先生に持っていってください。わたしたらすぐにもどってくるんですよ」

ロバーツ先生のいる教室のドアをテッシーがノックしたとき、その音にボビーは心臓《しんぞう》が飛《と》びだしそうになりました。わくわくしながら、顔をあげます。

授業《じゅぎょう》を中断《ちゅうだん》されるのがきらいなロバーツ先生は、「どうぞ」といらいらしながらこたえました。

テッシーがドアを開けて入ってきました。

「ロバーツ先生、失礼《しつれい》します。ジェンクス先生にいわれて、これをおとどけにきました」

ボビーが願《ねが》っていた以上《いじょう》にうまくいっています。

まるでジェンクス先生が伝言《でんごん》をよこしてきたかのように聞こえましたから。

伝言《でんごん》を読んだロバーツ先生がいいました。

「みなさん、そのまま課題《かだい》をつづけていてください。一、二分、席《せき》をはずします」

おどろいたみんなが、顔をあげました。

どうやったかは知らないけれど、ロバーツ先生が出ていったのにはボビーが関係《かんけい》しているはず。

でも、どうやってジェンクス先生にロバーツ先生を出ていかせるような伝言《でんごん》を書かせたの？

みんながぼう然《ぜん》とボビーを見ます。

ボビーはうれしそうに、にっと笑顔《えがお》を返しました。

テッシーと先生が出ていったとたん、ジャネットがききました。

「ボビー、どうやったの？」

「ボビー！　あの手紙は、まさかあなたが書いたってわけ？」

目を丸くしながら、パットもききます。

ボビーはうなずくと、教室の大きな時計の針《はり》を十分以上《いじょう》進めてしまいました。

みんながおもしろがるなか、プルーデンスだけは、とがめるような顔で、ぼそっといいました。

「こんなの、人をだます行為《こうい》です」

すると、セイディがプルーデンスをこづいて、アメリカなまりでいいます。

「まーったく、かたいことといわないの。ちょっとしたジョークじゃないの」

ロバーツ先生は、先生用の休憩室《きゅうけいしつ》に急いで行きました。けれども、だれもいません。少ししたらほかの先生方も来るだろうと思い、待ってみましたが、やはりだれも来ません。

とうとう先生は、ジェンクス先生にどういうことかをききに、二年生の教室へ行きました。

ロバーツ先生が、予定の集まりについてたずねると、ジェンクス先生はおどろきました。

「何も知りません。テッシーにふうとうを持っていってもらっただけで。ロバーツ先生あてのものがまちがってわたしの机《つくえ》にのっていたものですから。なんともおかしな話ですねえ」

ロバーツ先生はわけがわからなくなり、そのまま一年生の教室にもどりました。

どの生徒《せいと》もうつむいて、せっせと課題《かだい》をやっているように見えます。

みんな、やけにいい子ねえと思いながら、出来を確認《かくにん》するために、先生は教室を回りました。

最後《さいご》の子の席《せき》まで来たとき、みんなにいいわたします。

「口頭試験《しけん》をします。教科書を閉《と》じてください」

それから時計にちらっと目をやって、おどろきました。

まあ、授業《じゅぎょう》時間がもう終わってしまう！

先生は「口頭試験《しけん》はできません。授業《じゅぎょう》を終わります」といって教室を出ていきました。

「ああ、ボビー、ありがとう。おかげでわたしたち、口頭試験《しけん》をまぬがれちゃった！」

アリスンの言葉に、パットもうなずきます。

「ほんと、ボビー、すごい！　あなたの計画どおりに進んじゃった。すごいすごい！」

「まあ、どうってことない」

ボビーは謙遜《けんそん》しましたが、心のなかでは、賞賛《しょうさん》がうれしくてたまりません。

けれども、プルーデンスだけが「あまりやっていいこととは思えません」といいました。

いずれにしても、いたずらがここで終わっていれば、ロバーツ先生がこの件《けん》を思い出すこともなかったでしょう。

けれども、いたずらを成功《せいこう》させて、だいたんになったボビーとジャネット。

同じようなことをまたしでかしたのです……それもすぐに！

6 ジャネットはこまった子

セントクレアズの生徒《せいと》はふたりひと組で町に出かけることがゆるされていました。そのときにはみんな、喫茶店《きっさてん》でお茶を飲んだり、買い物をしたり、映画《えいが》を見たりします。

その週は、『戦《たたか》う巨象《きょぞう》』というおもしろい映画《えいが》が上映《じょうえい》されていました。

一年生は歴史《れきし》の授業《じゅぎょう》で、ちょうどこの映画《えいが》の時代の勉強をしているところだったので、見にいこうと決めました。

歴史《れきし》のルイス先生も、うけあってくれました。

「ぜひ見るべきですよ。映画《えいが》のすばらしい感想を書いた人には、特別賞《とくべつしょう》をあげましょう」

その週、一年生は映画《えいが》を見にいくのがむずかしい状況《じょうきょう》でした。午後は授業《じゅぎょう》がぎっしりつまっていましたし、週のうち四日は夕方に集会があったのです。

木曜日、ジャネットがため息をつきました。

「今夜はほとんどみんなが行くのに、わたしは明日までむり。ウォーカー先生に申《もう》しでて美術《びじゅつ》の戸棚《とだな》の整とんをすることにしちゃったの」

多目的室《たもくてきしつ》にはほかの子たちもいて、わいわいにぎやかでした。

パメラがたのみこむようにいいます。

「ラジオかレコードのどちらかにしてもらえないかしら。本の暗記をしているのにさわがしくて」

パットが編《あ》み物《もの》から顔をあげて声をかけました。

「パメラ、今はリラックスしたら？　ねごとで歴史《れきし》の年号をいってたらしいじゃない！」

そのとき、ジャネットがいいました。

「ボビー、映画館《えいがかん》で明日の夜の席《せき》をわたし用に予約《よやく》してきてくれない？　ただ少し問題があって、明日の夜はロバーツ先生の予習時間があるの。早めにぬけさせてくれるといいんだけど」

すると、ヒラリーがいいました。

「わたしは映画《えいが》にまにあうように、三十分早く教室から出してもらえたわ」

「だったらたのんでみよう。先生が公平な方ならわたしもぬけさせてくださいって」

その夜、一年生のみんなは映画《えいが》を見にいきました。

ただし、ジャネットをのぞいて。

そしてつぎの日、ジャネットはつぎつぎと不運《ふうん》に見まわれたのでした。

始まりは、ロバーツ先生が教室の花びんに水がほとんど入っていないと気づいたことでした。その週の花当番だったジャネットは、先生にいわれて水差《みずさ》しをとってきて、窓辺《まどべ》の花びんに水を入れようとしました。

そのとき、学校の猫《ねこ》が窓《まど》から飛《と》びこんできたではありませんか。

ジャネットはびっくりして、水差《みずさ》しを持っていた手を引きました。そのひょうしに、なかの水がジャバッと出て……見事なまでにプルーデンスの後頭部にかかったのです。

プルーデンスが「きゃっ！」と悲鳴をあげて、いいつけます。

「ロバーツ先生、ジャネットがわたしに水をかけたんです！　わざと首に！」

プルーデンスの言い方に、ジャネットはさけびました。

「ちがいます！　猫《ねこ》が窓《まど》から飛《と》びこんできて、びっくりしちゃったんです」

先生は何度もジャネットのいたずらを見てきたので、これが事故《じこ》だとはしんじられません。

「プルーデンス、ぬれたところをふいていらっしゃい。ジャネット、プルーデンスにはこれからの学習用に地理のさまざまなことを書きだしてもらっていたところでした。あなたがプルーデンスのノートを借《か》りて、つづきを夕方の予習時間に書きだしておきなさい」

早く学校を出たいとお願《ねが》いするつもりだったジャネットは、うろたえました。

「先生、本当に事故《じこ》だったんです。ノートに書くのは休み時間にさせてもらえませんか？」

「予習時間になさい。今はその水で遊ぶのをやめて、少しお勉強をしてくれますか？」

ジャネットはぷっとふくれて、水差《みずさ》しを手に教室を出ました。

これじゃあ、映画《えいが》にまにあわないじゃない！

水差《みずさ》しをかたづけにいくとちゅう、プルーデンスに出くわしました。

「プルーデンス！　さっきのは事故《じこ》だってわかってるでしょ。今夜の予習時間は早くぬけたいの。映画《えいが》を見たいから。お願《ねが》い、先生のところに行って、『あれは事故《じこ》でした。ジャネットをぬけさせてあげてください』っていってよ。でないと、映画《えいが》を見られない」

「わたし、そういうことはしません。あなたとボビーって、いつもくだらないいたずらばかり！」

プルーデンスは教室へとずんずん歩いていってしまいました。

休み時間になると、ジャネットは何があったのかボビーに話しました。そして、早く学校を出て映画《えいが》を見にいく方法《ほうほう》を相談しました。

「ロバーツ先生は今夜、一、二年生合同の予習時間をもうけるつもりなの。担当《たんとう》がジェンクス先生なら、気づかれないうちにぬけだすチャンスはあったと思う。でも今夜はロバーツ先生、わたしにしっかり目を光らせるはず」

「ちょっと思ったんだけど……ロバーツ先生をまた教室から出すことはできないかな」

「ボビー、バカなこといわないで。その手が二度も通用するはずない。やったばかりだし」

「じゃあ……ちょっとちがうふうにするのはどう？　たとえば、あなたがよびだされるとか」

ジャネットの目がかがやきます。

「うわあ、それってナイス・アイデア！　うん、それならうまくいくかも。でも、プルーデンスの代わりにわたしが書くことになってる、いやーなリストはどうしよう？」

「わたしが代わりにやっておいてあげる。あなたの字に似《に》せて書いておくね」

「わかった。じゃあ……どういう計画にする？」

「まずわたしがロバーツ先生に図書室から本を借《か》りてくるといって、教室を出る。それでもどってきたときに、こういうの。『ロバーツ先生、マドモアゼルから伝言《でんごん》です。補習《ほしゅう》をするのでジャネットに来てもらっていいですか、だそうです』きっとロバーツ先生はうたがいもせず、あなたを行かせてくれる。そこで、あなたは学校をぬけて、映画《えいが》を最初《さいしょ》から見られるってわけ」

「ちょっと危険《きけん》だなあ。でもやってみる価値《かち》はある。つかまらないことをいのろう」

〈あっけらかんボビー〉はにっと笑《わら》いました。

そんなわけで、その日の夕方、一、二年生が予習をしているとき、ボビーが手をあげました。

「ロバーツ先生、図書室にちょっと行って本を借《か》りてきていいですか？」

「では、急いで」

ボビーはジャネットにいたずらっぽく笑顔《えがお》を向けると、教室をさっとぬけました。やがて本をこわきにかかえてもどってくると、そのままロバーツ先生の席《せき》へ行きます。

「ロバーツ先生、マドモアゼルから伝言《でんごん》です。補習《ほしゅう》をするのでジャネットに来てもらっていいですか、だそうです」

ジャネットの顔が興奮《こうふん》でみるみる赤くなります。ロバーツ先生は少しおどろいたようでした。

「わかりました、ジャネット、行きなさい。地理のリストは、今夜、多目的室《たもくてきしつ》で書くこと」

「先生、ありがとうございます」

ジャネットはもごもごいうと、ウサギのようにぱっと教室を出ました。それからだれにも見られないよう、気をつけながら映画館《えいがかん》へ行き、ぶじに映画《えいが》を見ました。

そのころ、一年生はみんな、もくもくと明日の予習をこなしていました。

プルーデンスだけが、何かおかしいと感じていました。

予習時間が終わっても、多目的室《たもくてきしつ》にジャネットがいません。

「ジャネットはずいぶん長いこと、マドモアゼルの補習《ほしゅう》を受けているんですね」

プルーデンスが声をかけると、ボビーが答えました。

「そう？　だったらマドモアゼルにもジャネットにもよかったじゃない！」

ボビーはすでに地理のリストを書きうつしていました。できるだけジャネットの字をまねて書いています。そして、プルーデンスがほんの少し多目的室《たもくてきしつ》から出たすきに、プルーデンスの机《つくえ》にそのノートをおきました。

もどってきたプルーデンスは、ノートに気がつきました。ジャネットが書いたのだと思って、あたりを見まわしますが、ジャネットはいません。

やっぱりおかしいわ！

プルーデンスはノートをよく見てみました。字がジャネットのものとはちがうようです。

プルーデンスはボビーにいいました。

「これ、ジャネットの字ではないですね」

ボビーは知らんぷりをして本を読みつづけています。

プルーデンスがはっとしていいました。

「あなたとジャネットで何かたくらんだにちがいありません。ジャネットはマドモアゼルによばれたのではないんだわ。このリスト、あなたが書いたんですね」

「うるさいなあ。わたし、本を読んでるの」とボビー。

プルーデンスは頭にきました。にくらしくてしかたがありません。

そこでつぎの朝、ロバーツ先生が地理のリストを確認《かくにん》するときに、秘密《ひみつ》をバラしました。

先生の机《つくえ》にノートを持っていったとき、プルーデンスは小さな声でこういったのです。

「ボビーはとても上手に書いていますよね」

ロバーツ先生はノートを見て、プルーデンスのいいたいことがすぐにわかったので、調べることにしました。

つぎにマドモアゼルに会ったときに、こうきいてみました。

「ひょっとして先生は昨日《きのう》の晩《ばん》、ジャネットに補習《ほしゅう》をしてくださいましたか？」

マドモアゼルはおどろいてまゆをあげました。

「わたしは映画《えいが》を見にいきました。ジャネットもいいましたよ」

「ありがとうございます」

先生はそういうと、通りかかった生徒《せいと》をよびとめました。

「ジャネットをさがして、わたしのところに来るように伝《つた》えてください」

7 ジャネット、ボビー……そしてプルーデンス

ジャネットは急いでロバーツ先生のもとへ行きました。にげませんし、いいわけもしません。

ロバーツ先生は一年生の教室でノートに書かれた宿題の採点《さいてん》をしていました。

「ジャネット、昨日《きのう》の晩《ばん》、マドモアゼルの補習《ほしゅう》を受けていたのはうそですね？」

「はい、先生、すみません。『戦《たたか》う巨象《きょぞう》』を見にいきました」

「では、プルーデンスの地理のリストはだれが書いたんですか？」

「その、先生、わたしじゃありません……。でも、告《つ》げ口《ぐち》はできません」

「告《つ》げ口《ぐち》をしてほしいわけではありません。告《つ》げ口《ぐち》は大きらいですから。ただ、あなたが自分でリストを作ったわけではないことを確《たし》かめたかっただけです」

このときまで怒《おこ》っていなかったジャネットの顔が、ふいに赤くなりました。

「わたしのこと、プルーデンスがバラしたんですね……!?」

「まあ、わたしも告《つ》げ口《ぐち》をするつもりはありませんが、答えはそれほどむずかしくないでしょう。ジャネット、こんなふるまいをゆるすつもりはありませんよ。あなたには、本当にがっかりで

す」

「すみませんでした。プルーデンスに水をかけてしまったのは本当にわざとではなかったんです。それなのに映画《えいが》を見にいけないのは不公平《ふこうへい》だって感じていました」

先生は冷《ひ》ややかにいいました。

「しばらく町へ行くときは、かならずわたしのところに来て許可《きょか》を得《え》ること。またそのやり方にしたがうとしても、一、二週間は外出禁止《きんし》です。それから、自分で地理のリストを作りなさい。プルーデンスのノートに書くんですよ」

とたんにジャネットが不満《ふまん》そうにいいました。

「えー、プルーデンスのノートに書く必要《ひつよう》ってありますか？　プルーデンスのノートにはもう、リストは書いてあるのに。わたしがノートを借《か》りにいったら、プルーデンスに大喜《おおよろこ》びされちゃう」

「自分で招《まね》いたことです。さて、この前わたしが受けとった手紙の件《けん》ですが……あの伝言《でんごん》のせいでわたしは数学の授業《じゅぎょう》をぬけることになりました。あの件《けん》と今日の件《けん》は似《に》ていますから、同じ人物のしわざではないかとうたがっています。今度あなたかロバータがそういうことをしたら、すぐに罰《ばつ》を与《あた》えますよ。ロバータにもそう伝《つた》えてください」

「はい、ロバーツ先生」

ジャネットは教室を出て、暗い面持《おもも》ちでテニスコートにもどりました。

そこではロバータ――ボビーが気をもみながら待っていました。

「たいへんだった？」

同情《どうじょう》してたずねるボビーに、ジャネットは答えました。

「かなり。一、二週間は外出禁止《きんし》だって。そのあとも、町に行きたいときは、ロバーツ先生に許可《きょか》をもらわないといけない。すごく屈辱的《くつじょくてき》。それにね、ああ、ボビー、またあのいやーな地理のリストを書かないといけないの。しかもプルーデンスのノートに！」

「うわあ、それは最悪《さいあく》。ところであなたのこと、どうしてロバーツ先生にバレたの？」

ジャネットはかっかしながら答えました。

「そんなの、プルーデンスが告げ口《つぐち》したにきまってる！」

そこにはふたごも来ていて、ジャネットの身に起きたことを同情《どうじょう》しながら聞いていました。

パットがいいました。

「今朝、告げ口《つぐち》やのプルーデンスがロバーツ先生にノートを見せるとき、こういってるのを聞いたの。『ボビーはとても上手に書いていますよね』って。そのときはボビーの字をほめているんだなって思ってた。まさか告《つ》げ口《ぐち》してたなんて」

ボビーの目が怒《いか》りの表情《ひょうじょう》に変《か》わります。ボビーはジャネットが大好《だいす》きなのです。

「ひどい！　あの子っていい子ぶってるけど、偽善者《ぎぜんしゃ》だと思う。ジャネット、わたしが告《つ》げ口《ぐち》やのノートをとってきてあげる。それで、ひと言でもバカにしてきたら、思いしらせてやる！」

けれどもジャネットがすぐにいいました。

「だめ、ボビー、それはやめて。倍返しみたいなやり方は、われらがカーロッタの専売特許《せんばいとっきょ》だし、わたしたちはやめておこう」

みんながにっと笑《わら》いました。

カーロッタといえば、昨日《きのう》、制服《せいふく》がきちんとしていないと指摘《してき》したアリスンを、どなっておどして泣《な》かせたのです。

ボビーのいう「思いしらせる」は、まさにこのときのカーロッタと同じでした。どなったりおどしたりするなんて、そんなやり方は問題外だとみんなわかっています。

「とにかく、わたしがプルーデンスのところへ行ってノートを借《か》りてきてあげる」

ボビーはそういうと、ずんずん歩いていきました。

プルーデンスは多目的室《たもくてきしつ》でジグソーパズルをしていました。

「地理のノートはどこ？　必要《ひつよう》なの」

ボビーがきくと、プルーデンスはおだやかですが、はっきりとした声で答えました。

「ああ、ほかにも書くことがあるんですか？　ボビーったら、かわいそうに。またジャネットの代わりに書いてあげるつもり？　ロバーツ先生はなんとおっしゃるかしら」

「こっちを見なさいよ。この告《つ》げ口《ぐち》や！　わたし、告《つ》げ口《ぐち》が大きらいなの。また秘密《ひみつ》をバラすようなことをしたら、心底後悔《しんそここうかい》させてやる」

ボビーの言葉にプルーデンスはぞっとしました。地理のノートをふるえる手でさしだします。

ボビーはひったくるようにして受けとると、部屋を出ていきました。

部屋のすみから小さい声がしました。

「ねえ、プルーデンス。ボビー、ものすごく怒《おこ》っていなかった？　あなた、いったい何したの？」

声の主は、いつもと変《か》わらず本の上におおいかぶさっていた、パメラでした。

「何もしていません。なのにボビーがおどしてきたんです。わたしがボビーのいたずらを、時間のむだだと考えているから。パメラ、あなただってそう思うでしょう？」

「わたしは冗談《じょうだん》やいたずらで笑《わら》っちゃうこともあるけれど、ロバーツ先生のおっしゃることに賛《さん》成《せい》よ。ほとんどの一年生が来学期、進級したいなら、いたずらとかは時間のむだだってこと」

プルーデンスはパメラのほうへ歩きだしながらいいました。

「やっぱりあなたはものがわかっているわ。とても聡明《そうめい》。あなたの親友になれたらいいのに」

パメラはうれしくて顔を赤らめました。友だちを作れない内気な性格《せいかく》なのです。

なにしろ、スポーツは不得意《ふとくい》ですし、おもしろいことをいったりやったりするなんて、考えるのもむり。プルーデンスがパメラを利用《りよう》しようと考えているとは、夢《ゆめ》にも思っていません。

「もちろん、わたしも友だちになりたいわ」とはずかしそうにいいました。

「あなたって本当に聡明《そうめい》。ときどきわたしを手伝《てつだ》ってくれたら、とてもうれしいです」

プルーデンスはパメラとそんな会話をしながらも、ボビーに投げつけられたいやな言葉が頭からはなれないでいました。

だいたい、何があったのかしら。

ロバーツ先生はジャネットにまた地理のリストを書かせることにしたの……？

ノートがもどってきたとき、なかには地理のリストがきれいにもう一度書かれていました。

ジャネットの字ですし、ロバーツ先生のチェックもついています。

ジャネットは罰《ばつ》を受けたのね、とプルーデンスは思いました。

よかった！　当然《とうぜん》のむくいよ！

❽ カーロッタ、みんなをおどろかす

五人の転入生はセントクレアズに、それぞれの形でなじんでいきました。

セイディは、日々《ひび》をひょうひょうとすごしています。見た目にやたらと気をつかい、そのせいで先生たちに悪い印象《いんしょう》を与《あた》えていても気にしません。また、アリスンのことをかわいらしいからという理由で気に入っていました。

プルーデンスとパメラも、落ち着きました。ただし、プルーデンスはなるべくボビーやジャネットと関《かか》わらないように気をつけていました。

ボビーは、何年も前からセントクレアズにいたかのように、ほかの子とうまくやっています。

カーロッタも、それなりになじんでいました。少々《しょうしょう》なぞめいていましたけれど。

パットがいいました。

「カーロッタってマナーがなってないけれど、とても自然《しぜん》で正直で率直《そっちょく》だから、好《す》きにならずにいられないな。ただ、いつかマドモアゼルと衝突《しょうとつ》する！　おたがいにがまんできないもの」

マドモアゼルは今学期、一年生とあまりうまくいっていませんでした。

一年生は二年生にあがらなければいけないというのに、マドモアゼルのもとめる水準《すいじゅん》に達《たっ》していないのです。そのため、マドモアゼルは一年生をひっしに勉強させようとして、それが生徒《せいと》たちには気に入りませんでした。

そして、カーロッタはみんなの想定外のことばかりする子でした。

いい子でいようとがんばっているように見えるかと思えば、授業《じゅぎょう》に参加《さんか》していないように見えたりします。上《うわ》の空《そら》になって、心はすっかりどこかよそへ行っているのです。

そういう態度《たいど》は、マドモアゼルの怒《いか》りを買いました。

「カーロッタ！　今日は窓《まど》の外にどれほどおもしろいものがあるんですか？　ああ、遠くに牛が見えますね。そんなにおもしろいですか？　牛がモーと鳴くのを待っているんですか？」

「いえ、わたし、牛がワンって鳴かないか、待ってるんです」

カーロッタはそんなことをけろっといいます。

とたんに、教室じゅうからクスクス笑《わら》い声がもれ、みんなはマドモアゼルの雷《かみなり》がカーロッタに落ちるのを息をのんで待つのでした。

カーロッタがみんなをとにかくおどろかせるのは、体育の時間です。

それは今学期三週めのある日から始まりました。

その日、カーロッタは午前中ずっと落ち着きがありませんでした。教室の窓《まど》からは光がふりそそぎ、風が丘《おか》をふきあがってきます。カーロッタはじっとしていられないようで、授業《じゅぎょう》にまったく身が入っていません。上《うわ》の空《そら》の態度《たいど》をロバーツ先生に注意されると、こんなことをいいました。

「馬の夢《ゆめ》を見てたんです。わたしの馬。テリー。今日は遠乗りするのにぴったり」

「いいえ、今日は課題《かだい》に集中するのにぴったりだと思いますよ！　わたしの話に集中しなさい！」

運よく、そのときチャイムが鳴りました。みんなは授業《じゅぎょう》から解放《かいほう》されました。

つぎの授業《じゅぎょう》は体育館で体育でした。担当《たんとう》はスポーツ部顧問《こもん》のウィルトン先生です。

この日のカーロッタは、自分の番ではないときにロープのぼりなどをしたり、指示《しじ》された以上《いじょう》のことをしたりするので、先生はそのたびにしからなければなりませんでした。

カーロッタがぷっとふくれました。怒《いか》りで目がぎらぎらしています。

「わたしたちのしてることって、幼稚《ようち》！　バカみたい！」

「何をいうんです！　たしかに、あなたは一年生のわりに、いろんなことができます。ですが、うぬぼれすぎです。自分がほかの人にはできないことをできると思っているようじゃないですか」

「はい、もちろんできます」

カーロッタはそういうと、想像《そうぞう》をこえる美しい動きの側転《そくてん》で、くるくると回りはじめたのです。

サーカスのピエロもまっ青の身軽さです！

みんながあ然《ぜん》として見ていますが、だれよりもびっくりしたのは、ウィルトン先生でした。

「カーロッタ、側転《そくてん》は、わたしの知る生徒《せいと》のだれよりもすばらしくできますね」

「ロープのぼりも見せてください。ロープはこうやってのぼるものです！」

先生が「やりなさい」とも「やめなさい」ともいうひまもなく、カーロッタはいきおいよくロープをつかむと、てっぺんまでのぼりました。

つづいて、ロープをひざではさむと、頭を下にして、さかさになったではありませんか。

ウィルトン先生があわてふためきます。落ちて首の骨《ほね》を折《お》らないかと、気が気ではありません。

「カーロッタ、今すぐおりなさい！　なんてあぶないことをするんですか！　あなたがやっているのは単《たん》なる見世物《みせもの》です！」

カーロッタはすーっとすべるようにロープをおりて、最後《さいご》に二回転宙返《ちゅうがえ》りで着地。そのまま体育館のなかを側転《そくてん》しながら回って、仕上げにぴょんとかろやかに立ちました。

目はかがやき、ほおは赤く燃《も》えています。ここまでのショーを楽しんでいたのは明らかです。

みんなは目を丸くして見ていました。カーロッタってすごい、とだれもが思っていました。ウィルトン先生はみんなと同じくらい、ただただおどろいています。

カーロッタが息を切らしながらいいました。

「ほかにも見せましょうか？　逆立《さかだ》ちで歩くところをやってみせますよ。見ててください！」

「カーロッタ、もう十分です。ほかの人が何かする番ですよ。あなたがとびきり体がやわらかくてとても器用《きよう》なことは、たしかです。ですが、今のおかしなパフォーマンスはいりません」

授業《じゅぎょう》が終わると、みんながわっとカーロッタをかこみました。

「カーロッタ！　何かやってみせてよ！　逆立《さかだ》ちで歩いてみて」

ところが、カーロッタはみんなをおしのけてぐんぐん歩きだし、ふいにしゅんとした表情《ひょうじょう》になりました。

「やらないっていったのに……やっちゃった」

カーロッタはぼそっとそれだけいうと、ろうかへ消えていきました。

パットがいいました。

「今の聞いた？　どういう意味だろう。それにしてもカーロッタ、すごくなかった？」

体育館に人がいないとき、一年生はふたたび、カーロッタに何かやってとせがみました。

けれども、カーロッタはどうしてもうなずきません。

興味《きょうみ》をもったイザベルが、たずねました。

「カーロッタ、あのパフォーマンスはいったいどこで習ったの？　サーカスのピエロやアクロバットの人くらい上手にできてた！」

「カーロッタは親戚《しんせき》にサーカス団員《だんいん》がいるんでしょうね」

プルーデンスが意地悪くいいました。カーロッタが注目されるのが気に入らないのです。

「プルーデンス、だまってよ。あなたってときどき、思い知らせてやりたくなる」とボビー。

プルーデンスはかっとなって、顔を赤くしています。

ほかの子たちがにやにやします。プルーデンスがへこまされて、胸《むね》がすっとしたのです。

けんかが始まりそうだと見てとったパットが、ボビーに声をかけました。

「テニスコートに行こう。サーブの練習をしないと。来月にはセントクリストファーズやオークディーンとの試合《しあい》がある。わたし、一年生の代表選手《せんしゅ》に選《えら》ばれたいの」

「だったら、喜《よろこ》んで練習相手になるね。わたしは代表選手《せんしゅ》にはなれそうにないけれど」

ボビーはそういうと、最後《さいご》にプルーデンスをぎろりとにらんで、さらにいいました。

「あんな〈くさった牛乳《ぎゅうにゅう》〉みたいな子は放っておいて、行こう」

プルーデンスは「くさった牛乳《ぎゅうにゅう》」などというひどいたとえでよばれるのがいやでたまりません。

なのに、だれかに不親切《ふしんせつ》なことをいうと、かならず「くさった牛乳《ぎゅうにゅう》」とささやかれるのです。

このあだ名をいいはじめたボビーがきらいでしたが、ボビーをおそれてもいました。

腹立《はらだ》たしいことに、ボビーは一年生で人気の生徒《せいと》のひとりでした。

9 プルーデンス、発見する

それからこの一、二週間のうちに、とびきりわくわくすることがふたつ三つ起きました。どれもカーロッタに関係《かんけい》しています。

ひとつめは、プールでのこと。カーロッタは上手《じょうず》に泳げませんが、足からでも頭からでも、飛《と》びこむのは大好《だいす》きです。いきおいよく助走をつけてふみきって、ジャンプ！　空中でくるくる回転して、体を丸めたまま、水の中へザブン！　あるいは、飛《と》び板のはしに立ち、板を何度もふんで水にふれるほどしならせたところで大きくふみきります。すると、カーロッタはびゅーんと遠くへ飛《と》ばされて、頭から美しく水に飛《と》びこむのでした。

「見せびらかしちゃって」

プルーデンスは聞こえよがしに大きな声でいいました。

そういう自分はというと、まだ水に入らず、プールのふちでふるえています。

プルーデンスの言葉を耳にしたジャネットがいいました。

「カーロッタは見せびらかしたりしてない。ああいったすごいわざは全部、自然《しぜん》にやってるだけ」

そのあとカーロッタがいちばん高い飛《と》びこみ台から、ゆうがにスワンダイブ*をしました。

「ほらまた、見せびらかして。みんなにおだてられて、うぬぼれているんだわ」

プルーデンスの言葉に、今度はボビーがいいました。

「カーロッタはうぬぼれてない。そんなことばかりいうなんて、牧師館《ぼくしかん》で育ったとは思えない」

「まあ、われらがカーロッタが牧師館《ぼくしかん》で育っていないのはたしかですけどね」

プルーデンスが皮肉をこめていいます。

その言葉を耳にしたカーロッタがにやりとしました。この手の言葉は気にならないようすです。

ただ、ほかの子はカーロッタの代わりに怒《おこ》りました。

「ねーえ、プルーデンス、ちょっとは水につかったら?」

ボビーがふいにそういうと、プルーデンスをどん！　とおしたのです。

おどろいたプルーデンスは、悲鳴をあげてプールのなかへ。

水をはきながら、怒《おこ》って水面に顔を出します。

スワンダイブ…脚《あし》をまっすぐに閉《と》じて両腕《りょううで》を広げた飛《と》びこみ方。

けれどもつぎのしゅんかん、水中にもぐっていたボビーに左のふくらはぎをつかまれて、水のなかへ引きずりこまれました。

それからどうにかボビーからのがれると、プルーデンスはプールのふちまで行って、ウィルトン先生にいいつけました。

「先生、ボビーがわたしをおぼれさせようとしました！　ボビーをしかってください！」

プルーデンスのさけび声におどろいて、ウィルトン先生がまわりを見まわしました。

そのときにはもう、ボビーはプールの反対側《がわ》にいて、大笑《おおわら》いしています。

ウィルトン先生はいらいらしながらいいました。

「どういうことです？　ボビーがあなたをおぼれさせるだなんて。プールの向こう側《がわ》にいるじゃないですか。プルーデンス、バカなことをいうんじゃありません」

プルーデンスがボビーにさけびます。

「このことは、そっくりお返ししますからね！」

近くにいて、一部始終をおもしろがっていたジャネットが横からいいました。

「ボビーに目をつけられたと思うなら、カーロッタのことをあまりとやかくいわないことね」

その日の午後、プルーデンスはパメラに自分の気持ちを話しました。

「わたしはカーロッタのすることが、それほどすごいとは思いませんし、あの子が楽しい子だとも思いません。あの子には明らかになぞがあります。あばいてやりたいわ！」

パメラはプルーデンスより年下で、勉強はよくできるのですがプルーデンスに簡単《かんたん》に影響《えいきょう》されてしまいます。プルーデンスがほかの子について、明らかに事実ではない不親切《ふしんせつ》なことをいっていても、礼儀《れいぎ》正しく耳をかたむけて、うなずくのです。

カーロッタがとんでもないことをしているのを見つけたのも、パメラとプルーデンスでした。

セントクレアズでは、下級生はひとりで出かけることを禁《きん》じられています。

プルーデンスは、前からカーロッタがその規則《きそく》をやぶっているのでは、とあやしんでいました。

そしてついにこの日、ひとりで学校を出ていくところを目撃《もくげき》したのです。

プルーデンスはカーロッタがどこへ何をしにいくのか、つきとめたいと思いました。

けれども、自分が外出するには、ペアになってくれるパメラが必要《ひつよう》です。

パメラに「カーロッタをこっそりつけましょう」といっても、いやがるでしょう。

そこで、自然散策《しぜんさんさく》にさそって、いっしょに出かけたのでした。

プルーデンスはパメラと歩きながら、目を光らせてカーロッタをさがしました。やがて、かなり先を歩いている制服《せいふく》の人影《ひとかげ》を見つけました。カーロッタです。

プルーデンスはさりげなくいいました。

「あの人と同じ方に行くのがいいんじゃないかしら。正しい道を知っていそうですもの」

そこで、ふたりはあの人――カーロッタを見失《みうしな》わないようについていきました。

カーロッタは丘《おか》のてっぺんまで来ると、谷へとおりはじめました。

谷では、おおぜいの人がキャンプをしています。となり町にやってきたサーカスの一団《いちだん》です。広い野原にトレーラーや動物の檻《おり》がならび、中央には巨大《きょだい》なテントがそびえたっています。

プルーデンスがいいました。

「きっとトレントンに来たサーカスね。でもカーロッタは行くことはできないわ。まだ公演《こうえん》は始まっていませんもの」

パメラはびっくりしてききかえしました。

「あの人がカーロッタのはずないでしょう？　ひとりで外出するのは上級生以外《いがい》、禁《きん》じられているんだもの。だいたい、あんなに遠くの人がだれなのか、どうしてわかるの？」

しまった、とプルーデンスは思いました。

あれがカーロッタだとわかっていることを、パメラに知らせるつもりはなかったのに。

「だってわたし、視力《しりょく》がいいんですもの。カーロッタなのはまちがいありません。まさにカーロッタがやりそうなことではなくて？　規則《きそく》をやぶってこっそりぬけだすなんて」

「そうね。カーロッタらしい」

パメラはそういいつつも、カーロッタをうらやましく思わずにはいられませんでした。カーロッタは物事にまっすぐつきすすみますし、反論《はんろん》や障害《しょうがい》があっても乗りこえてしまいます。

プルーデンスとパメラはカーロッタを追って、広大な野原に入りました。

カーロッタは、髪《かみ》がくしゃくしゃの馬の調教師《ちょうきょうし》に話しかけています。

そのあと、美しいサーカスの馬が何頭かいる場所にうつりました。

そしてすぐに一頭の背中《せなか》にぴょんと飛《と》びのって、野原をかけまわりはじめたのです。

パメラもプルーデンスも目を丸くしました。おどろいたなんてものではありません。

カーロッタと馬は最初《さいしょ》、円を描《えが》いて飛《と》ぶように走り、やがて速度を落として軽いかけ足になりました。

カーロッタは別《べつ》の馬に乗りかえました。

そのあとカーロッタがしたことといったら！

走る馬の背《せ》の上で立ちあがると、サーカスの丸い舞台《ぶたい》を回るように馬をかけさせたのです。

プルーデンスはぎゅっとかたく口をむすび、少ししていいました。

「前からどこか変《へん》だと思っていました。カーロッタはサーカス団員《だんいん》なのです。院長先生はなぜあの子に入学を許可《きょか》したのか……。不快《ふかい》です！　みんななんていうかしら」

「プルーデンス、告《つ》げ口なんてやめましょう。これはカーロッタの秘密《ひみつ》で、わたしたちの秘密《ひみつ》じゃない。何もいわないほうがいいと思うの」

パメラはこわごわなだめましたが、プルーデンスは冷《つめ》たい声でいいました。

「でも、これはチャンスです。さあ、カーロッタに気づかれる前に、わたしたちは帰りましょ」

そんなわけで、ふたりは学校へもどりはじめました。ほとんどだまったまま歩きます。

プルーデンスはカーロッタの秘密《ひみつ》を発見できて、勝ちほこった気分になっていました。

パメラはとまどいと不安《ふあん》でいっぱいです。プルーデンスがカーロッタの秘密《ひみつ》をみんなに話してしまうかもしれない、いやなことにまきこまれたらどうしよう、と気が気ではありません。

ふたりはちょうど午後のお茶の時間に学校に着きました。

なかに入ってきたふたりを見て、パットとイザベルがおどろいて声をかけてきました。

「あなたたちが自然散策《しぜんさんさく》に行ってきたとはねえ。外へは引きずりだせないと思ってた！」

「パメラ、何を持ちかえったの？」

ヒラリーがたずねました。パメラが採集《さいしゅう》したものを入れるケースを肩《かた》からさげていたからです。

プルーデンスはすぐにうそをいいました。

「わたしたち、山ほどとってきました。でもほら、お茶の時間のチャイムです」

パメラはカーロッタのあとをつけて何も収集《しゅうしゅう》していないことに気がとがめていました。プルーデンスのうそにもとまどっています。

ですから、心のなかで自分にいいきかせました。

「たぶん、プルーデンスはカーロッタをかばっただけ。だからあんなことをいったのよ」

カーロッタはお茶の時間が始まってだいぶすぎたころに、ようやくあらわれました。ロバーツ先生にもごもごと遅刻《ちこく》をあやまって、席《せき》につきます。

走ってきたために顔はまっ赤で、服装《ふくそう》はみだれています。

カーロッタはみんなにどこへ行っていたのかきかれて「ひとりで散歩《さんぽ》してた」と答えました。

ボビーがいいました。

「カーロッタ、あなたって、規則《きそく》なんてないみたいにふるまって見える。用心してね！」

けれども、カーロッタはにやりとしただけでした。どうしても守りたい秘密《ひみつ》があるからです。

けれどもカーロッタは知りませんでした。

ほかの人がその秘密《ひみつ》を知ってしまったことを。

10 マドモアゼルの授業《じゅぎょう》での大騒動《おおそうどう》！

そして起きたのが、マドモアゼルの授業《じゅぎょう》での大騒動《おおそうどう》でした。

学期は進んでいましたが、一年生の多くがフランス語では進歩していないように見えました。ちょうどそのころはとても暑く、多くの子が勉強する気になれなくなっていました。

マドモアゼルの怒《いか》りをもっとも引きだしたのは、カーロッタでした。

カーロッタはきらいな相手に対して、それをかくそうとしません。好《す》きな相手に対しても、ですけれど。

カーロッタはアリスンとセイディとプルーデンスとほかにひとりふたりをきらっていました。そういう相手には顔をしかめたり、背《せ》を向けたりします。悪口をあびせたりもします。

みんなはそうしたことをおもしろがっていました。

ただ、ヒラリーだけは一年生の代表として、たしなめます。カーロッタがアリスンとセイディに悪口をあびせているところに出くわしたときも、こういいました。

「だれだって、すべての人を好《す》きになることはできない。でも集団《しゅうだん》のなかでくらすなら、ほかの人に合わせることもしないと。わたしは一年生の代表よ。四歳《さい》の子みたいにふるまってまわる人を、放ってはおけないの」

するとカーロッタの怒《いか》りは、あらわれたときと同じように、とつぜん消えました。いつでも変《か》わらず責任感《せきにんかん》のあるヒラリーのことが、カーロッタは心から好《す》きなのです。

「ヒラリー、あなたのいうとおりなのはわかってる。でもわたしはあなたと同じようには育ってこなかった。わたしがみんなとちがうからって、きらいにならないで」

「何いってるの！　わたしたち、あなたがすごくちがっているから好《す》きなのよ。一年生でいちばんみんなをわくわくさせてくれるんだもの。いらいらがたまってきたら、わたしやボビーのようなな、いわれても気にしない人にいってちょうだい！」

「それ、よさそう。ただ、あなたたちにはそういう言葉はいえない。わたしには、ちゃんとしすぎてるから。ヒラリー、わたし、もっと心をしずめるようにがんばるね」

けれども、ある日の午前中、マドモアゼルの授業《じゅぎょう》で大騒動《おおそうどう》の発端《ほったん》となったのは、ボビーでした。

ボビーはうんざりしていました。フランス語の動詞《どうし》が大きらいなのです。

ボビーのそばに、一年生が世話をしている生き物の飼育《しいく》ケースがありました。そのなかには、カエルとカタツムリが合わせて十四《ぴき》近くいます。

ボビーはジャネットをつつきました。

ジャネットが顔をあげます。

「見てて！」

ボビーはそういって、にっと笑《わら》うと、飼育《しいく》ケースのなかからカエルを一匹《ぴき》出しました。

ボビーはこそっといいました。

「この子をプルーデンスのほうにとばしちゃおう。ふるえあがるよ！」

ところが、カエルはボビーの手からぴょーんととびだして、カーロッタのそばの床《ゆか》に着地。

カーロッタが気配を感じてふりむきます。床《ゆか》にカエルがいるのに気づきました。

ボビーがうなずいて、何も知らないプルーデンスを指さしながら、カエルをとびつかせて、と合図します。

カーロッタはにっと笑《わら》いました。

そしてカエルをひろいあげると、プルーデンスの机《つくえ》のはしにうまくのせました。プルーデンスの席《せき》はとなりだったので、かんたんです。

プルーデンスが顔をあげ、カエルを見るなり、悲鳴をあげました。

クラスのみんなが、びっくりして飛《と》びあがります。

マドモアゼルは、持っていたチョークと教科書を落としました。ふりむいて、ぎろりと教室を見まわします。

「プルーデンス！　いったいなんのさわぎですか！」

そのとき、カエルはぴょーんととんで、プルーデンスの肩《かた》へ。ところがすべって、ひざに落ちました。

プルーデンスが飛《と》びあがらんばかりに立ちあがり、カエルをふりはらいます。

「マドモアゼル、カエルです！　もう、いやあ！　カーロッタ、よくもやったわね！　わたしをこわがらせようとして、飼育《しいく》ケースから出したんだわ！　あなたなんて大きらい！」

今では教室のほとんどの人が笑《わら》っていました。プルーデンスのこわがる姿《すがた》が、おもしろくてたまりません。

「プルーデンス、静かに《テゼ・ヴ》！　静《しず》かに！　こんなことはゆるしません。なげかわしい！」

マドモアゼルの爆発《ばくはつ》に、さらにクスクス笑《わら》いが広がりました。

プルーデンスがふたたびカーロッタに向きなおると、たっぷり憎《にく》しみをこめていいました。

「まさに意地悪なサーカスの子だわ。頭のなかはサーカスの子が考えそうなことでいっぱい。カエルをわたしにとびつかせようと思って、飼育《しいく》ケースから出すところを見たんですからね！」

マドモアゼルがドン！　と机《つくえ》をたたき、ほとんどどなり声でいいました。

「プルーデンス、テゼ・ヴ！　カーロッタ、今すぐ院長先生に自分のしたことを報告《ほうこく》しなさい」

けれども、カーロッタの耳にはマドモアゼルの声など、ひと言も入りません。はじかれたように立ちあがると、プルーデンスをにらみつけました。

カーロッタがしゃべりだしました。ところが、だれにも、ひと言も理解《りかい》できません。スペイン語をしゃべっていたのです。言葉が口から流れるようにあふれでています。

おそれをなしたプルーデンスは、ちぢこまりました。

マドモアゼルがドスドスと近づいて、カーロッタの腕《うで》をぐっとつかみました。

「た・え・が・た・い・こと《ヴゼトゥ・アンシュポルタブル》です！」

カーロッタは力まかせにマドモアゼルの手をふりほどきました。

それから、おどろくマドモアゼルのほうに向きなおると、スペイン語でまくしたてたのです。

運悪く、マドモアゼルにはところどころその意味がわかってしまいました。

マドモアゼルの顔が怒《いか》りで青くなっていきます。

このやりとりのまっただなかに、教室のドアが開いて、つぎの授業《じゅぎょう》の担当《たんとう》のロバーツ先生が入ってきました。

先生はびっくり。

マドモアゼルとカーロッタが今にも取っ組み合いを始めそうになっているではありませんか！

「ああ、ロバーツ先生、いいところに来てくださいました。カーロッタは、わたしに反抗《はんこう》して、ひどい悪口をならべたてました。そのうえ――ああ《オー・ラ・ラ》、またしてもカエルが！」

そのとき、カエルがぴょこんととんで、マドモアゼルの大きな足の上に！

マドモアゼルは「ひ――っ！」と声をあげると、いすにたおれるようにすわりこみました。

ロバーツ先生はひと目ですべてを理解《りかい》しました。みるみるうちに、鬼《おに》の形相《ぎょうそう》に変《か》わります。

「マドモアゼル、つぎの授業《じゅぎょう》がおありでしょう。この件《けん》はわたしがお引きうけして、夕食のときにご報告《ほうこく》します。すべてをまかせて、授業《じゅぎょう》に行ってください」

すでに授業《じゅぎょう》の終了時刻《しゅうりょうじこく》はすぎていたのです。マドモアゼルは教室を出ていきました。

教室はしんと静《しず》まりかえっています。ロバーツ先生がこういう雰囲気《ふんいき》のときに、びくびくしない子はひとりもいません。

「カーロッタ、髪《かみ》を直してきなさい。インクまみれの手も洗《あら》うように」

カーロッタは先生を反抗的《はんこうてき》な目で見つめましたが、気持ちもしずまり、教室を出ていきました。

先生はりんとした青い目で、教室を見まわしました。

「まず、みなさんにわかってほしいのは、みなさんに告《つ》げ口《ぐち》を奨励《しょうれい》しているわけではない、ということです。ですが、このとんでもない状況《じょうきょう》がどういうことなのか、はっきりさせなくてはなりません。そうですね、ヒラリー、あなたが一年生の代表として話してください」

「その……だれかが飼育《しいく》ケースからカエルを出して、プルーデンスの机《つくえ》においたみたいです」

ボビーが顔を赤らめながら立ちあがりました。

「先生、話のとちゅうですみません。カエルを出したのは、わたしです」

とたんに、プルーデンスがさけびました。

「わたしにカエルをしかけたのはカーロッタです！　ボビーはカーロッタをかばっているんだわ」

ロバーツ先生がすかさずいいました。

「プルーデンス、もう一度しゃべったら、教室を出てもらいますよ。ボビー、話をつづけて」

「プルーデンスにカエルをしかけたら、ちょっとおもしろそうと思って、カエルを出しました。でも、カエルはわたしの手からとびだして、床《ゆか》に着地しちゃったんです。それでカーロッタに合図しました。『カエルをプルーデンスにとびつかせて』って。そしたら、カーロッタが机《つくえ》にのせてくれたんです。だから、悪いのは、わたしです」

ボビーはすわりました。

「では、ヒラリー、このとんでもない話のつづきを」

「プルーデンスが悲鳴をあげて、マドモアゼルが怒《おこ》りました。プルーデンスは全部カーロッタのせいだといってひどい言葉を投げつけました。それでカーロッタが怒《おこ》ってしまって……マドモアゼルがカーロッタに院長先生のところへ行くようにいいました。でも、カーロッタは行こうとしませんでした。マドモアゼルの声が耳に入っていなかったんだと思います。そうしたら、マドモアゼルがとても怒《おこ》って、カーロッタは反抗《はんこう》してスペイン語で何かいって、マドモアゼルをもっと怒《おこ》らせました。そのとき、ロバーツ先生が教室にいらっしゃったんです」

「みなさんのせっかくのお楽しみに、じゃまが入ったというわけですね」

ロバーツ先生が皮肉っぽくいいます。みんながきらいな言い方です。

先生は話をつづけました。

「この件《けん》はボビーが発端《ほったん》で――カーロッタも手を貸《か》したことはたしかですが――後半は、関《かか》わった何人かの怒《いか》りによってつくりだされたようですね。ほかのみなさんはただおもしろがって見ていたのでしょう。うんざりです。ボビー、午前の授業《じゅぎょう》が終わったら、わたしのところに来なさい」

「はい、ロバーツ先生」

ボビーがしゅんとして答えました。

プルーデンスがふりむいて、いい気味だといわんばかりのうれしそうな顔でボビーを見ます。

ロバーツ先生はプルーデンスの表情《ひょうじょう》を見のがしませんでした。

「プルーデンス！　あなたにも非《ひ》がないわけではありません！　だれかをこまらせることができるとなると、かならずそうしますね。そこまで大さわぎしなければ、こうはならなかったんです」

プルーデンスはとても傷《きず》つきました。つらそうにいいます。

「そんな、ロバーツ先生、今のは不公平《ふこうへい》です。本当にわたし……」

「いつからあなたに公平か不公平《ふこうへい》かを判断《はんだん》していいといいましたか？　口を閉《と》じてすわりなさい。この件《けん》については考えておきますので、そのあいだ……作文を書きなおしなさい」

プルーデンスの顔がさっと赤らみました。

ロバーツ先生ったら、わざとわたしにきびしくしてみせたんだわ。

それにたぶんパメラ以外《いがい》はみんな、先生のきつい言葉に「そうだ、そうだ」と心のなかで声をあげて、わたしがしかられたのを喜《よろこ》んだのよ……。

ボビーはロバーツ先生のもとへ行き、かなりしかられましたし、丸々《まるまる》一週間、勉強でいそがしい思いをする罰《ばつ》を与《あた》えられました。

カーロッタはまったく罰《ばつ》を受けていないようでした。

おかげでプルーデンスはいっそう腹《はら》を立てて、いらつきました。

パットとイザベルは知っていたのですが、じっさいには、カーロッタは院長先生のもとに送られて、部屋を出てきたときには、涙《なみだ》を流していました。

院長先生のもとで何があったのか、カーロッタはだれにも話しませんでした。

マドモアゼルはボビーとカーロッタから謝罪《しゃざい》の手紙を受けとりました。

それだけではなく、なんと、プルーデンスからの謝罪《しゃざい》の手紙もあったのです。

書かされたプルーデンスは、怒《おこ》ったのなんの！

ロバーツ先生に書くようにいいわたされ、反論《はんろん》したのですが、けっきょく書いたのでした。

カーロッタにしかえししてやるわ！　とプルーデンスは思いました。

カーロッタとしゃべっていたサーカスの男の人を見つけてやろう。それで、カーロッタについて、何もかも聞きだしてやる！　あの子にはぜったい、秘密《ひみつ》があるんだから。

11 カーロッタの秘密《ひみつ》

それからプルーデンスにサーカスのキャンプ地まで行くチャンスがおとずれたのは、二日後のことです。

さっそくパメラをさがして、いっしょに散歩《さんぽ》にいこうとさそいました。

パメラは本を読みたくて、一度ことわりましたが、プルーデンスは「パメラ、お願《ねが》いです、来て」とたのみこみ、パメラの腕《うで》に自分の腕《うで》をからめました。

パメラはこれまでストレートな愛情表現《あいじょうひょうげん》をされたことがありません。ですから、プルーデンスにこんなふうにされると、いつもかんたんに心を動かされてしまいます。

パメラはすぐさま立ちあがり、ふたりは出発しました。

三十分ほどすると、サーカスのキャンプ地に着きました。

「あら、先週と同じところに来ちゃった！」とパメラ。

プルーデンスもおどろいたふりをします。

「ほんとね。まだサーカスがキャンプしているわ。行ってみましょうよ。ゾウを見られるかも」

パメラは動物が苦手でしたが、おとなしくプルーデンスについていきました。

少しして、プルーデンスは目ざとく、髪《かみ》がくしゃくしゃの馬の調教師《ちょうきょうし》を見つけました。

プルーデンスはむじゃきな顔をして馬を見ながらいいました。

「サーカスの馬ですね。わたしたちもカーロッタみたいに馬に乗れたらなって思います」

カーロッタの名前を出したとたん、調教師《ちょうきょうし》が警戒《けいかい》するような目つきになりました。

「ああ、カーロッタはいい乗り手だよ。とびきりいい子だしな」

プルーデンスはさらにむじゃきな表情《ひょうじょう》を作って聞きました。

「では、だいぶ前からの知り合いなんですか？」

「あかんぼのころからだ」

「カーロッタはおもしろい暮《く》らしをしてきたんですよね。あの子の話を聞くのが大好《だいす》きなんです」

プルーデンスは実際《じっさい》よりずっとカーロッタのことを知っているふりをしました。

パメラはおどろいて、すぐに心配になりました。

今のは初《はじ》めて聞いたわ。プルーデンスがまたうそをいっているんだとしたら……どうして？

「へええ、カーロッタはあんたに自分のことを話したんだ？　そんなことをするとは――」

調教師《ちょうきょうし》は、そこまでいって、はっと口を閉《と》じました。

プルーデンスは、正直そうな表情《ひょうじょう》を瞳《ひとみ》にうかべ、調教師《ちょうきょうし》を見つめました。

「ええ、わたし、カーロッタの親友なんです。ここに来てトレーラーやなんかを見てまわるといいって、カーロッタにいわれました。あなたなら気にしないだろうって」

これでパメラにもはっきりとわかりました。プルーデンスはひどいうそをならべているのです。もう、話を聞ける気分ではありません。パメラは近くのトレーラーを見にいきました。

パメラがひとりでその場を去っていったので、プルーデンスは喜《よろこ》びました。

これでどんどんうまく進められるわ！

「カーロッタはサーカスでの暮《く》らしが大好《だいす》きだったんでしょうね？」

調教師《ちょうきょうし》は、カーロッタがこの子に自分のことをいろいろ話したんだなと思いこみ、答えました。

「サーカスをはなれることはカーロッタにはさぞつらかったろう。大の大人より、馬のあつかいをこころえてるような子なんだから。こないだあの子がここに来て、馬に乗ったときには、おれもうれしかったねえ。おれたちは明日移動《いどう》するんだ。帰ってから伝《つた》えてくれないか。また馬に乗りたいなら、明日の朝かなり早くに来たほうがいいって。二週間前みたいにな」

プルーデンスはふるえんばかりに興奮《こうふん》しました。

あのいやーなカーロッタは、サーカスの子だったんだわ！

院長先生はどうしてわざわざあんな子を学校に受けいれたのかしら。

帰り道、ふたりはおしだまっていました。

パメラはサーカスの男の人にプルーデンスがうそをいっていたことに、まだ気持ちがひどくざわついていました。

一方、プルーデンスは、わたしはなんて頭がいいの、と考えていました。

けれども、プルーデンスは頭がいいとはどういうことなのか、わかっていないのです。今のプルーデンスは残念《ざんねん》ながら、ただずるがしこいだけでした。

プルーデンスはその日の夕方、多目的室《たもくてきしつ》へアリスンをさがしにいきました。おバカなアリスンの耳に入れられれば、このニュースが広まると思ったのです。

アリスンは、むずかしいジグソーパズルをしているところでしたが、みんなにからかわれて、半分できていたものをぐしゃっとくずして箱に入れ、部屋を出ていきました。

すかさずプルーデンスが追いかけます。

「アリスン、みんなひどいわよね！　いっしょにお散歩《さんぽ》に出ましょう。気持ちのいい夕方だもの」

アリスンはプルーデンスのことが好《す》きではありません。半《なか》ばぶっきらぼうに答えました。

「ううん、行かない。一年生の半分の子の悪口を聞く気分じゃないの」

とたんにプルーデンスが顔を赤らめました。

たしかに、うわさ話の機会《きかい》があれば、そこで悪口を広めようとしてきました。

けれども、みんながそれに気づいていたとは知らなかったのです。

プルーデンスは、アリスンにカーロッタのうわさ話をふきこむのはあきらめました。

多目的室《たもくてきしつ》にもどると、みんながカーロッタをとりかこんでいました。

プルーデンスは、ふいにくやしくてたまらなくなりました。

カーロッタを見ている顔がゆがみます。

それに気づいたボビーが、「くさった牛乳《ぎゅうにゅう》のおでましだ！」といって笑《わら》いました。

みんなも笑《わら》い、カーロッタがいいました。

「プルーデンス、どうしていつもそんな、くさったにおいをかいだみたいな顔をするの？」

プルーデンスの心が一気に悪意でいっぱいになりました。

「当然《とうぜん》よ。あなたみたいな、いやしいサーカスの子とくらさないといけないのだから」

あまりにも憎々《にくにく》しげな言い方に、みんなはおどろいてプルーデンスを見ました。

カーロッタが笑《わら》って、陽気にいいます。

「どっちかっていうと、あなたがサーカスにいるところのほうを見てみたいものねえ。それであなたがトラたちの夕食になっても、だれもさびしがらないでしょうよ」

「カーロッタ、言葉に気をつけなさい。あなたのことは、ぜんぶ知っています。みんながそれを知ったら、あなたと友だちになりたくなくなるわ。いやしいサーカスの子となんてね」

「プルーデンス、だまりなさい。くだらないうそをついて」

そういったのは、ボビーです。カーロッタがかっとなったらたいへんだと思ったのです。

けれども、プルーデンスはやめません。

「くだらないうそなんかじゃないわ。トレントンの近くにキャンプしているサーカスがあるの。そこで、わたしはサーカスの男の人と話しました。その人がいうには、カーロッタはサーカスの子で、馬のあつかい方をこころえているって。つまり、わたしたちはそんな、サーカスにいた、いやしい子とくらさなきゃならないのよ！」

プルーデンスがいいおわると、部屋はしんと静《しず》まりかえりました。

カーロッタがぎらぎらした目でみんなを見まわします。みんなもカーロッタを見つめます。

やがて、パットが口を開きました。

「カーロッタ、あなた、本当にサーカスにいたの？」

プルーデンスはみんなを見ていました。自分が放った爆弾《ばくだん》の効果《こうか》に、わくわくしています。

さあ、カーロッタ、見てなさい。育ちのいい子たちがなんていうかしらね。

カーロッタは、うなずいて答えました。

「うん。わたしはサーカスの子だった。それにサーカスが大好《だいす》きだった」

みんながわっとカーロッタをとりかこみます。

「カーロッタ！　なんてすごいの！」

「わたしたちにだまってるなんて！　どうして話してくれなかったの？　意地悪！」

カーロッタは答えました。

「だって……話さないって院長先生と約束《やくそく》したから。だってほら、やっぱりおかしな話でしょ」

そしてカーロッタは身の上を語りました。

お父さんがサーカスの女の人と結婚《けっこん》して、カーロッタが生まれたこと。

けれど、お母さんは赤ちゃんのカーロッタをつれて家を出て、サーカスにまた入ったこと。

お母さんはすぐに亡《な》くなって、カーロッタはサーカスの人たちに育てられたこと。

最近《さいきん》になってお父さんがカーロッタを見つけて引きとったこと。

お父さんはお金持ちで、カーロッタが教育を受けてこなかったのを知ると、セントクレアズに入れたこと。

するど、アリスンがいいました。

「ロマンティックなお話ねえ。でもどうしてあなたって、そんなに外国人っぽいの？」

「母さんがスペイン人だし、サーカスにもスペイン人がいたから……。わたしはここに合ってない。サーカスにもどれたらいいのに。わたしたちの考え方って、ぜんぜんちがうの。だから、わたしにはここで教わることなんて、なんにもない」

カーロッタがひどく悲しそうに見えたので、みんなはなぐさめたくなりました。

「カーロッタ心配しないで。すぐにここになじめるから。どうして院長先生はわたしたちに、あなたがサーカスの子だったことを教えてくれなかったのかしら」

「それは……みんながわたしのこと、ちょっと下に見るかもしれないと思ったからじゃないかな」

カーロッタの言葉に、みんなが「えーっ」といいました。

「とんでもない！　わくわくしてるわよ！　あなたができること、ちょっとやってみせてよ」

「サーカスのわざはやらないって、院長先生と約束《やくそく》したの。サーカスの子だってバレるかもしれないから。前に体育館で約束《やくそく》をやぶっちゃったけど。あのときまでずっと、サーカスですごしてたころを思い出したり、夢見《ゆめみ》たりしてたの。そしたら、頭に血がのぼって、体育館であんなことを……。もっとあれこれできるんだけどね！」

　ボビーがたのみこみました。

「カーロッタ、逆立《さかだ》ちで歩いてみて。あなたってすぐにかっとなるけど、かざらない、やさしい性格《せいかく》でもあるのよね。わたしたち、いっそうあなたを好《す》きになりそう。あなたが秘密《ひみつ》を話すのをためらってたら、そのすごさがここまでわからなかった」

「ためらう？　わたしはほこりに思ってる。馬のあつかい方を知ってることも、世界でいちばん親切な心をもった人たちとくらしてたこともね！」

　カーロッタはきらきらした目でそういうと、ひらりと手をついて、逆立《さかだ》ちをしました。しなやかで力強い手で部屋のなかをどうどうと歩いていきます。

　みんなが笑《わら》ったり「すごい！」と声をかけたりしながら、カーロッタのまわりに集まります。だれもが大喜《おおよろこ》びで興奮《こうふん》しているなか、プルーデンスだけがちがいました。

　心のなかは、どす黒い気持ちでいっぱいです。

　カーロッタはみんなにきらわれてさけられるはずだったのに。

代わりにみんなの賞賛《しょうさん》をあびて、ちやほやされてしまうなんて。

みんなはさっきのプルーデンスの意地悪を軽蔑《けいべつ》していました。自分ではどうしようもないことをとりあげて、人を傷《きず》つけようとしたのです。ボビーが少し乱暴《らんぼう》にプルーデンスをひじでこづきました。

プルーデンスは、怒《いか》りと敗北感《はいぼくかん》からわっと泣《な》きだしそうになり、そっと部屋を出ました。

ぜったいに何か、しかえししてやるわ。

12 ボビー、ショックを受ける

このさわぎのあと、カーロッタはすっかり人気者になりました。

どこまでも正直であけすけなところが、みんなの心からよろいをとりはらいました。

カーロッタはとつぜん、ほとんどの生徒《せいと》にとって、みんなをとてもおどろかせる、なんともロマンティックな子になったのです。人気は二年生にまで広まりました。

パットがいいました。

「プルーデンスにはショックだったでしょうね。わたしたちがカーロッタを見くだすどころか、感心してるんだから。プルーデンスをこらしめてやらない？　むしするの」

ボビーがうなずきます。

「パメラにもそうすべきだと思う。プルーデンスの仲間《なかま》だし、カーロッタのことをさぐりにいったとき、ついていったんだから。プルーデンスをすごいと思ってるなんて、おバカさんね」

すると、イザベルが口をはさみました。

「でも、パメラはちょっとかわいそう。気が弱い子だし、勉強にしか興味《きょうみ》がないわけだし。あんまりつらくあたらないようにしましょ」

こうして始まった一年生みんなのしうちに、プルーデンスはとてもいやな思いをしました。

プルーデンスがいつものように何か意見をのべはじめるたびに、急にまわりから人がいなくなったり、ほかの子が別《べつ》の子にくだらないことを大声で話しだしたりするのです。

このときも、こんなふうにヒラリーに話しかけたはずでした。

「ヒラリー、今夜の『女性《じょせい》は世界を治《おさ》めるべきか』というテーマの討論会《とうろんかい》、あなたはどちら側《がわ》のご意見？　わたしは、治《おさ》めるべき、という側《がわ》につくつもりです。けっきょくわたしたち――」

するととつぜん、ヒラリーがジャネットに大声で話しかけ、くだらない話を始めたのです。

「ねえジャネット、子猫《こねこ》には脚《あし》が何本ある？」

「ええと、通常《つうじょう》は四本だけど、一度数えてみたら？」

くだらない話はさらにつづくのですが、プルーデンスを見る人はだれひとりいません。

プルーデンスは傷《きず》ついて、腹《はら》を立て、パメラになぐさめてもらいにいきました。

かわいそうに、パメラはひっしに忠誠心《ちゅうせいしん》を発揮《はっき》して、プルーデンスの味方になりました。心の奥《おく》では、プルーデンスのことはもうしんじられませんし、好《す》きでもなくなっていたのですけれど。

一年生はまもなくあわれなパメラもむししはじめるようになり、パメラがプルーデンスをかばおうとするむなしい努力《どりょく》を、笑《わら》うようになりました。

パメラは自分のからに閉《と》じこもり、いやなことをわすれるためにさらに勉強にうちこみました。

カーロッタは院長先生のもとへ行き、自分がサーカスにいたことをみんなに知られてしまった事実を話しました。

「でもみんな、気にしてないみたいです。院長先生は、みんなが気にすると思ったんですか？」

「いいえ、カーロッタ。ただ、みんなに先入観《せんにゅうかん》をもたれないほうが、学校になじみやすいだろうと思ったんです。それに、あなたのお父さまから、秘密《ひみつ》にしてほしいとたのまれましたしね。あなたはお父さまのすべてなんです。のちのお父さまとの暮《く》らしになれるよう、努力《どりょく》しないとね」

カーロッタはため息をつきました。

昔から知っているサーカスの暮《く》らし以外《いがい》は、願《ねが》いさげだと思っていましたから。

テニスの学校対抗試合《たいこうじあい》がせまってきました。

ふたごはかなり練習をしていましたし、ボビーはふたりを手伝《てつだ》っていました。

ある日の午後、ふたごのテニスを見たベリンダが、満足《まんぞく》そうにいいました。

「ふたりとも、このままいったら、セントクリストファーズとの試合《しあい》に一年生の代表で出られるわよ！　ボビー、あなたも上達《じょうたつ》してる。補欠《ほけつ》を目指してがんばってみたらどう？」

各校《かくこう》の代表選手《せんしゅ》は学年ごとに二名ずつで、同じ学年どうしが対戦《たいせん》します。そして、選手《せんしゅ》が病気などで試合《しあい》に出られなくなった場合にそなえて、各《かく》学年に補欠《ほけつ》が一名つくことになっていました。

ベリンダに声をかけられたボビーは、首を横にふりました。

「いいえ、だいじょうぶです！　補欠《ほけつ》になるために練習しないといけなくなったら、テニスが苦行になっちゃいますから！」

「あら、そう。わたしたちが、あっけらかんボビーに期待するなんてむりなのね」

ベリンダはあざけりの表情《ひょうじょう》をうかべてその場を去り、三人はそれをじっと見送りました。

ベリンダにはげまされたことがわかっていないボビーを、ふたごは気まずそうに見ました。

ボビーはがんばるべきかまよいましたが、がんこな性格《せいかく》なので、やはり自分の練習はしませんでした。ただ、上達《じょうたつ》しようとがんばるふたごの手伝《てつだ》いは、できるだけつづけました。

試合《しあい》がつぎの週にせまりました。三年生までの各《かく》学年三名がセントクリストファーズ学院に行きます。

ベリンダは、試合《しあい》前日の夜に掲示板《けいじばん》に選手《せんしゅ》の名前をはりだすと約束《やくそく》しました。

そして名前をはりだす前、自分の勉強部屋にボビーをよびだしました。

「ボビー、ききたいことがあるのよ。あなたはテニスがとてもうまいから、一年生の補欠《ほけつ》に選《えら》ぼうかと考えているの。あなたもそのつもりで練習をがんばった？」

ボビーは顔を赤らめました。

「いえ、補欠《ほけつ》を目指して練習はしてません。そんなの、苦行になってしまいますから。それに、補欠《ほけつ》は試合《しあい》に出ませんよね。ただ見てるだけ。わたしはプレーをしたいんです！」

「ほんと、がっかりだわ。ボビー、あなたには素質《そしつ》があるのに、ぞんぶんに発揮《はっき》する気がないんだから。パットとイザベルにはぞんぶんに練習させてあげてるのに。あっけらかんボビーというあだ名はあなたにぴったり。でも、あっけらかんと気にしないだけじゃ、成果《せいか》は出ないわ」

ボビーのがんこな性格《せいかく》がむくむくあらわれました。

「成果《せいか》を出したいなんて思いません。わたしは試合《しあい》でプレーをしたいんです。ですから、補欠《ほけつ》はジャネットかヒラリーでお願《ねが》いします」

ベリンダが冷《ひ》ややかにいいました。

「よくわかった。そのふたりのどちらかを選《えら》ぶわね。わたしは期待していたの。あなたがじつは自分のためにちょっとがんばって練習した、といってくれるんじゃないかって。そのときは確実《かくじつ》に、あなたを補欠《ほけつ》に選《えら》んでいた。もう行っていいわよ」

ボビーは赤い顔で勉強部屋をあとにしました。はずかしくなっていたのです。

心のなかは、きみょうにいろんな気持ちがまぜこぜになっていました。

ボビーには、知恵《ちえ》も、高いこころざしも、やさしさもたくさんあります。

ただ、何かに必死《ひっし》になることがきらいなのは直りそうにないのです。

ですから、人にがんばることを強《し》いられると、ひどくがんこで、かたくなになります。

そんなボビーに、ベリンダはほとほとあいそがつきてしまいました。

つぎの日、ベリンダは各《かく》学年三名ずつの選手《せんしゅ》の名簿《めいぼ》を完成《かんせい》させて、掲示板《けいじばん》にはりました。

パットとイザベルは選手《せんしゅ》に選《えら》ばれていました。

補欠《ほけつ》はジャネットです。

ジャネットは喜《よろこ》びました。ボビーのほうをふりかえります。

「あなただろうと思ってた。だってわたしよりずっとうまいし。わからないなあ。ベリンダはどうしてあなたの代わりにわたしを選《えら》んだんだろう？」

ボビーにはよくわかっていましたが、何もいいませんでした。

ただ、自分で自分がはずかしいという気持ちがおさえきれず、腹《はら》が立ち、こういいました。

「ジャネット、ほんとによかったね。補欠《ほけつ》はプレーをしないけど、何か楽しいとは思うよ」

⑬ テニスの三試合《しあい》とアクシデント

つぎの日は朝から暖《あたた》かく、晴れわたっていました。絶好《ぜっこう》のテニス日和《びより》です。試合《しあい》は三時スタートです。

選手《せんしゅ》たちはベリンダとウィルトン先生とともに、小さな貸《か》し切りバスで相手校に向かいます。

パットとイザベルは大はしゃぎ。代表選手《せんしゅ》だなんて、ほこらしくて、うれしくてたまりません。

パットがイザベルに元気にいいました。

「ふたりで出られるなんて、すごいよね？　かたほうしか選《えら》ばれなかったら最悪《さいあく》だっただろうな」

小さなバスが校舎《こうしゃ》の玄関《げんかん》前に到着《とうちゃく》しました。選手《せんしゅ》たちが乗りこみます。

一年生のみんなが口々《くちぐち》に声をかけてくれました。

「がんばってね！」

ボビーは少しうらやましくなっていました。

わたしだって、ほんとだったら、バスのなかにいたのに。

けれども、ボビーがそんなことを考えているとは、だれも思いません。

なにしろ、ボビーも「がんばって！」といいながら、大きく手をふっていましたから。

一行がセントクリストファーズ学院に着くと、スポーツ部《ぶ》の総部長《そうぶちょう》と選手《せんしゅ》たちがむかえてくれました。

さっそく全員でグラウンドに向かいました。

セントクレアズの二年生の代表選手《せんしゅ》は、いつもすばらしいプレーを見せるマージェリーと、親友のルーシーです。ふたりはペアで選手《せんしゅ》に選《えら》ばれたことを、とても喜《よろこ》んでいました。

三年生の代表選手《せんしゅ》は、ジェーンとウィニーです。

相手校のスポーツ部《ぶ》の総部長《そうぶちょう》がいいました。

「みなさんが早く来てくださったので、三試合《しあい》を同時ではなく、順《じゅん》に行おうと思います。まず三年生から。用意はいいですか？　トス*をお願《ねが》いします。上か下か？」

ジェーンとウィニーのペアがトスに勝ってコートの好《す》きな側《がわ》を選《えら》びました。試合《しあい》は二セット先取したほうが勝ちです。

トス…ラケットを回して、たおれたときのグリップエンドのマークが上か下かを、ラケットを回す前に選《えら》んで当てる。当てたほうがどちらのコートを使《つか》うかなどを決められる。

選手《せんしゅ》がそれぞれ位置《いち》につきました。
ジェーンがサーブします。試合《しあい》開始です！
手に汗《あせ》にぎる展開《てんかい》でした。
ペアの実力はほとんど変《か》わらず、接戦《せっせん》です。
実際《じっさい》、すべてのゲームが*ジュースまでもつれこみました。
第一セットは七*ゲーム対五ゲームでセントクレアズの勝ち。
第二セットは六ゲーム対四ゲームで相手校の勝ちです。
パットが、興奮《こうふん》しながらいいました。
「さあ、第三セット！　ああ、ベリンダ、勝てると思いますか？」
ベリンダはパットの真剣《しんけん》な顔にほほえみかけました。
「勝ってくれるでしょうね。相手ペアは、少しつかれてきているように見えるわ」
ベリンダのいうとおりでした。
相手校の選手《せんしゅ》ふたりは、今ではセントクレアズのふたりほど元気がありません。
ドキドキするような攻防《こうぼう》がくりひろげられ、接戦《せっせん》の末《すえ》、五ゲーム対五ゲームに！
そしてセントクレアズが第三セットをとりました。

審判《しんぱん》がアナウンスします。

「二セット対一セットで、第一試合《しあい》はセントクレアズの勝ち。みなさん、いい試合《しあい》でした！」

セントクリストファーズが、勝者に拍手《はくしゅ》を送ります。

二年生が対戦《たいせん》する第二試合《しあい》は、セントクレアズのみんなの期待どおりでした。

相手もかなりの実力がありましたが、マージェリーのプレーのすばらしいこと！

そしてパートナーのルーシーとはかんぺきなコンビネーションで、守りにすきがありません。

そのうえマージェリーがサーブのときは、すべて*サービスエースをとりました。

ふたごは思い出しました。

前学期、マージェリーはそれはもう、ふてくされてふきげんでした。

そのあと、療養棟《りょうようとう》の火事でひとりの生徒《せいと》をすくったことから、マージェリーはひと晩《ばん》で英雄《えいゆう》に

ジュース…両者ともあと一ポイントでそのゲームを勝てる状況《じょうきょう》。
七ゲーム対五ゲーム…勝ちが五ゲーム対五ゲームになったときは先に二ゲーム連取《れんしゅ》したほうが勝ち。なお、四ポイント先取《せんしゅ》で一ゲーム勝ち、六ゲーム先取《せんしゅ》で一セット勝ち、三セット中二セットをとると試合《しあい》は勝ちが決まる。
サービスエース…相手が打ちかえすことのできないサーブ。

なり、表情《ひょうじょう》がすっかり変《か》わりました。ここにいるのは、そのマージェリーなのです。

試合《しあい》は二セットで勝負がつきました。

審判《しんぱん》の声がひびきわたります。

「第二試合《しあい》は六ゲーム対一ゲーム、六ゲーム対〇ゲームで二セットをとったセントクレアズの勝ち！」

パットが大興奮《だいこうふん》でイザベルにいいました。

「いよいよわたしたちの番！　イザベル、行くよ！　とにかく勝つからね！」

ベリンダが声をかけてきました。

「着実に点をとっていって。ふたりとも、勝てるわ。コンビネーションにかけては、マージェリーとルーシーのペアにひけをとらないんだから。ああ、今夜、三試合《しあい》全勝をもちかえったら、セントクレアズはどんなにわたしたちをほこりに思うことか！　この試合《しあい》、勝つわよ！」

一年生が対戦《たいせん》する第三試合《しあい》が始まりました。

ふたごはずっといっしょに練習をしてきたので、マージェリーとルーシーと同じくらい、おたがいにいいパートナーになっています。

ふたりは三ゲームをたてつづけにとったあと、一ゲームを落とし、また一ゲームとりました。

そこで、おそろしいことが起きたのです。

パットがサーブを打ちました。そして打ちかえされたボールはイザベルの左へと飛《と》び、変化してさらに左へ。

イザベルはボールを追って体をねじったひょうしに、足をひねってころびました。

とっさに立ちあがろうとしますが、できません。痛《いた》みから思わず悲鳴がもれました。

それから痛《いた》みは消えず、少しすると、足首がとんでもなくはれてきたのです。

ウィルトン先生がいいました。

「ねんざしているわ。イザベル、かわいそうだけど、交替《こうたい》よ」

そんなわけで、今回は補欠《ほけつ》が本当にプレーをすることになりました。

けれども、ああ、これは補欠《ほけつ》のジャネットにとっても災難《さいなん》でした。

イザベルのためにも勝たなくちゃという思いから、きんちょうでがちがちになってしまったのです。

だいたい、ふたごとあまり練習をしたことがないので、ふたりひと組のダブルスの戦《たたか》い方がよくわかりません。

けっきょく、パットとジャネットのにわかペアは試合《しあい》に負けました。

ジャネットがパットにいいました。

「イザベルがプレーできてたら、勝てたのに。それか補欠《ほけつ》がわたしじゃなくてボビーなら、やっぱり勝ってたと思う。ボビーはきんちょうなんてしないもの。きっとすばらしいプレーをした。いつもあなたたちと練習してたから、あなたのプレースタイルをわたしよりわかってるし。ベリンダ、そう思いませんか？」

ベリンダは正直に答えました。

「そうね。ボビーがあなたよりパットのプレースタイルを知っている、ということに関《かん》しては同感よ。でも、だからといって、ボビーなら試合《しあい》に勝てたかどうかは、わからないわ」

けれどもパットとイザベル、ジャネットとほかの子たちは、確信《かくしん》していました。

ボビーなら勝てたのに！

みんなはお茶を飲んでいるとき、そのことを話しました。帰りのバスでも話しあいました。

イザベルはその残念《ざんねん》な気持ちを、学校にもどってからボビーにはきだしました。

「ねえボビー、ベリンダが補欠《ほけつ》をジャネットでなくて、あなたにしてくれてたら、きっとパットは勝って、セントクレアズは三試合《しあい》全勝だった。ベリンダの大きなミスだと思う」

ボビーはただだまって聞いていました。

わたしはなんてバカでがんこだったんだろう。

セントクレアズの勝ちをみすみすのがしてしまうなんて。

ボビーがあまりにも静《しず》かなので、イザベルはびっくりしました。

「ボビー、どうかした？　試合《しあい》に負けたこと、みんなほど気にしてるわけじゃないでしょ？」

「ううん、気にしてる。わたしじゃなくてジャネットが選《えら》ばれたのは、ベリンダのせいじゃないの。ベリンダはわたしにチャンスをくれた。でもわたしがことわったの。だから悪いのはわたし。前にコートでベリンダにいわれたことに傷《きず》ついて、意地をはって、練習なんてがんばらないって思っちゃった」

「ボビー、とっても残念《ざんねん》。補欠《ほけつ》になれたんだ……。なのにならなかった！」

「うん……。わたしが出ていたら、結果《けっか》がちがってたかもしれないっていう、いやな気持ちをぬぐえない。それに、三試合《しあい》全勝できてたら、みんなどんなに喜《よろこ》んだだろう。わたしは何に対しても気にしない性格《せいかく》だと思ってた。でも、わたしには気にする気持ちがあるの！」

ボビーは本当はそこまで「あっけらかん」ではなかったのでした。

14 ボビーとビスキャット

日々《ひび》はすぎ、この学期も半《なか》ばをこえて、いつのまにか夏になっていました。

パットがため息まじりにいいました。

「ねえボビー、今日の午前の授業《じゅぎょう》でマドモアゼルがわたしたちにフランス語の動詞《どうし》を暗唱《あんしょう》させるのを阻止《そし》する方法《ほうほう》を思いつかない？　五分でいいから、マドモアゼルの注意をそらせるちょっとしたいたずらを考えてみて」

「あなた、少なくともこの一週間はだれにもいたずらしてないし！」とイザベル。

ボビーはにっこりしました。

あるときから、ボビーが心を入れかえたことはたしかでした。とつぜん、テニスと水泳の練習を熱心《ねっしん》にしはじめたからです。

けれども、授業《じゅぎょう》ではまだ、できるだけがんばらないようにしていました。

ボビーを見るロバーツ先生は、ときどきけわしい表情《ひょうじょう》になりました。

ボビーは頭がいいのにそれを最大限《さいだいげん》まで使っていないことを、よくわかっていたからです。かといってやる気を出させるのはむずかしく、先生はほとんどあきらめていました。

この日、二年生のテッシーは特技《とくぎ》のうそのくしゃみを七回もして、マドモアゼルを飛《と》びあがらんばかりにおどろかせました。

クラスじゅうが笑《わら》いましたが、マドモアゼルは怒《おこ》ったのなんの！

おかげで、この日のマドモアゼルの授業《じゅぎょう》は、きびしくなりそうだとわかっていました。

みんなもボビーに、フランス語の授業《じゅぎょう》が少しでも短くなるよう、いたずらをしてほしいとたのみました。ボビーは考えたあと、ジャネットのほうを向きました。

「あなたのお兄さんがいたずらグッズを送ってくれたでしょ？〈ビスキャット〉はどこ？」

それは、見た目はビスケットそっくりで、指でつまむと、猫《ねこ》の鳴き声そっくりな音が大きく鳴るグッズです。

とにかく、ジャネットは自分の机《つくえ》のなかからさがしだすと、ボビーにわたしました。

「はい、どうぞ。でも、これでどうするの？」

「これの音って猫《ねこ》の鳴き声みたいじゃない？ ねえみんな、学校の猫《ねこ》が子猫《こねこ》を産《う》んだでしょ。それでね、マドモアゼルにみんなで、子猫《こねこ》が迷子《まいご》になったって話をするの。そのあと授業《じゅぎょう》のとちゅうでわたしがビスキャットを鳴らす。するとマドモアゼルは教室に子猫《こねこ》がいると思いこむってわけ」

ヒラリーがクククと笑《わら》います。

「グッド・アイデアね。わたしもいいこと思いついちゃった。わたしはマドモアゼルが教室に来るとき、ろうかではいつくばって迷子《まいご》の子猫《こねこ》をさがしてるふりをするわ」

「うわあ、それいい！　おもしろくなりそう！」

一気に楽しい気分になったパットがいいました。ヒラリーは演技《えんぎ》がうまいのです。

ボビーがいいました。

「プルーデンスがこっちに来る。このことは秘密《ひみつ》ね。あの子が告《つ》げ口《ぐち》やなのは知ってるでしょ！」

いよいよマドモアゼルのフランス語の授業《じゅぎょう》です。

みんなはうれしくて、クスクス笑《わら》いが止まりません。

そんなみんなのようすに、プルーデンスは首をかしげました。

ヒラリーは教室の外に残《のこ》りました。

ふたごがドアから顔だけひょっこりのぞかせます。そして、ヒラリーを見るなり体をおりまげて笑《わら》いだしました。

ヒラリーがはいつくばって「子猫《こねこ》ちゃん、子猫《こねこ》ちゃん」とよびかけながら、背《せ》の高い戸棚《とだな》の下をのぞきこんでいたのです。

ふいに、パットが教室のみんなにいいました。

「しっ！　マドモアゼルが来る！」

マドモアゼルが大きなぺたんこぐつで、くつ音をひびかせてやってきました。

ヒラリーが教室の外のろうかにはいつくばっているのを見たとき、マドモアゼルはたいそうおどろきました。

「ヒラリー、何をしているんです《ク・フェット・ヴ》？　何をしているんです？　落とし物ですか？」

「子猫《こねこ》ちゃん、子猫《こねこ》ちゃん！　ああ、マドモアゼル、学校の猫《ねこ》が産《う》んだ子猫《こねこ》の一匹《ぴき》を見かけませんでしたか？　かわいそうに、迷子《まいご》になっちゃって。ずっとさがしているんです」

マドモアゼルはろうかを左から右へと見わたしました。

「いいえ、見かけていません。ヒラリー、もう教室に入らなければいけませんよ」

「ああ、マドモアゼル、あとちょっとさがさせてください」

そういって、ヒラリーは戸棚《とだな》のなかをさがしつづけ、なかなか教室に入りません。

マドモアゼルにきびしくいわれて、やっとなかに入りましたが、今度はボビーがいいました。

「ああ、マドモアゼル、子猫《こねこ》はそこのだんろのえんとつをのぼったんじゃないでしょうか。わたしの家で、そういう猫《ねこ》がいたんです。てっぺんまでのぼったんですよ！」

すかさずドリスも子猫《こねこ》の話をしはじめました。

けれども、マドモアゼルは猫《ねこ》のことはもうたくさんだったので、ドリスやほかのみんなをだまらせました。そのまま動詞《どうし》の暗唱《あんしょう》をさせはじめます。

最初《さいしょ》はドリス（いつもどおり、マドモアゼルにr《エール》の発音をしかられました）。

つぎはパット。

ところが、パットが暗唱《あんしょう》を始めるより先に、ボビーが親指と人差《ひとさ》し指ではさんだビスキャットを、ゆっくりとしんちょうにおしたのです。

あわれな鳴き声のような音が教室にひびきます。

みんながはっと顔をあげました。

動詞《どうし》の暗唱《あんしょう》をしていたパットが、声をあげます。

「子猫《こねこ》！　子猫《こねこ》！」

マドモアゼルでさえ、耳をすましました。音は、こまっている子猫《こねこ》の鳴き声にそっくりでした。

ボビーはパットがふたたび動詞《どうし》の暗唱《あんしょう》を始めると、もう一度ビスキャットを指でおしました。

「ミ――――――！」

とたんにヒラリーが「子猫《こねこ》はえんとつをのぼっているんだと思います！」といいました。マドモアゼルがそれをだまらせます。

さらにパットがまた暗唱《あんしょう》を始めて、動詞《どうし》をいいまちがえたときです。

マドモアゼルがそれを指摘《してき》する前に、ボビーがまたビスキャットを鳴らしたのです。

あわれをさそう大きな鳴き声が、動詞《どうし》の暗唱《あんしょう》をさえぎりました。

教室じゅうからいっせいに声があがります。

「マドモアゼル、子猫《こねこ》は教室にいます！」

「マドモアゼル、子猫《こねこ》をさがしましょう」

「静《しず》かにすわっていてください。子猫《こねこ》がえんとつに入っていないか、わたしが確《たし》かめましょう」

マドモアゼルは「あー、もう！」という面持《おもも》ちでそういうと、だんろの前に行きました。持っていたじょうぎで、えんとつの上のほうをさぐってみます。

とたんにざーっとすすが落ちてきて、マドモアゼルはうしろに飛《と》びのきました。かた手がすすでまっ黒です。

みんながクスクス笑《わら》いだしました。

「マドモアゼル、たぶん子猫《こねこ》は戸棚《とだな》のなかです。わたしに確認《かくにん》させてください。きっといます」

ジャネットの言葉に、マドモアゼルがいいました。

「ヒラリー、戸棚《とだな》を開けなさい」

ヒラリーがさっと立って戸棚《とだな》を開けました。

それから棚《たな》じゅうを乱暴《らんぼう》にひっかきまわし、本や手芸《しゅげい》の材料《ざいりょう》を床《ゆか》に落としていきます。

マドモアゼルはふたたび、かっかしはじめました。

「ヒラリー！　そこまでする必要《ひつよう》がありますか？　子猫《こねこ》の話自体、しんじられなくなってきました。いっておきますが、これがいたずらなら、みなさんにかなりの罰《ばつ》を与《あた》えます。わたしは今から手を洗《あら》いにいきますので、わたしがいないあいだ、八十八ページの動詞《どうし》を暗記しておくように。おしゃべりは禁止《きんし》です。みんな、ほんと、悪い子ですよ」

マドモアゼルはよごれた手を前につきだすようにして、教室から出ていきました。

ドアが閉《し》まると、どっと笑《わら》い声がまきおこりました。

ボビーが思いきりビスキャットを鳴らします。

プルーデンスはおどろいて、本物そっくりのビスケットを見つめました。

ボビーったら、またいたずらをまんまとやってのけたのね！

ああ、マドモアゼルに、このことをいえたらいいのに！

ボビーはビスキャットをポケットにしまいながらいいました。

「ねえ、成功《せいこう》でしょ？　授業《じゅぎょう》の半分がつぶれて、ほとんどの人が動詞《どうし》の暗唱《あんしょう》をせずにすんだんだから」

マドモアゼルは手を洗《あら》いながら、確信《かくしん》しました。

迷子《まいご》の子猫《こねこ》は、何かのいたずらにちがいありませんね。

むすっとしながら手を洗《あら》いおわると、一年生の教室にもどりました。

つぎの暗唱《あんしょう》は、プルーデンスを指名しました。

プルーデンスはフランス語が得意《とくい》ではありません。

「プルrrrrデンス！　ドリrrrrスよりひどい発音ですよ！」

マドモアゼルが「r《エール》」に思い切り力をこめてフランス語式に発音します。

「ああ、今の一年生たちは！　明日、小テストを行います。プルーデンス、あなたとドリスにはあきれてしまいます。フランス語をがんばろうとしないなんて。明日の小テストで半分以上《いじょう》の点数がとれなければ、院長先生に報告《ほうこく》します」

プルーデンスは自分がテストに合格《ごうかく》できないことがわかっていました。宿題はほとんど、パメラの答えを写していましたが、テストは自力でなんとかしなければなりません。

プルーデンスはくよくよ考えつづけました。

ボビーのいたずらがなければ、マドモアゼルがテストをするだなんていいださなかったわ！

ああ、なんとかしてテストをまぬがれる方法《ほうほう》はないかしら。

ううん、それよりもっといいこと。

テスト問題さえわかれば、先に答えを調べられるのに！

15 プルーデンスは告《つ》げ口《ぐち》や

プルーデンスはフランス語の小テストのことを考えれば考えるほど、ボビーに腹《はら》が立ってなりませんでした。

ボビーのせいでテストが行われることになったじゃない。

わたしは絶対《ぜったい》に落ちて、院長先生のもとへ送られるんだわ！

プルーデンスはこのむしゃくしゃを聞いてもらうため、パメラをさがしにいきました。

とちゅう、先生たちの休憩室《きゅうけいしつ》の前を通りかかりました。ドアが開いていたので、思わずなかをちらっとのぞきます。

マドモアゼルが問題らしきものを書いています。

プルーデンスは思いました。

あれはテスト問題だわ。ああ、なんとかして見たい！

プルーデンスはなかに入る理由を考えて、もじもじと立っていました。

マドモアゼルは、目のはしにプルーデンスがちらっと見えて、顔をあげました。

「おや、プルーデンス。明日はこのテストで、勉強することの本当の意味を教えてあげます」

マドモアゼルの口調はややきびしいものでした。

プルーデンスは急いで心を決めました。

部屋に入ってマドモアゼルにいたずらのことをいおう。そうすれば、問題をのぞけるわ！

プルーデンスは部屋に入ると、むじゃきでいい子に見えるよう、目を大きく見開きました。

「マドモアゼル！　授業《じゅぎょう》でわたしたちがふざけすぎていたこと、心からおわびします。すべてはくだらないいたずらでした。ボビーがいたずらグッズのビスケットを持っていたんです。それをおすと、猫《ねこ》の鳴き声みたいな音が出て……」

プルーデンスは話しながら、十二問ほどあるテスト問題のうち、一問めをなんとか読みました。

マドモアゼルはプルーデンスの話に耳をかたむけながら、すぐにふたつのことに気づきました。

ひとつは、プルーデンスが話した迷子《まいご》の子猫《こねこ》のからくりは本当だということ。

もうひとつは、プルーデンスが告げ口《ぐち》をしているということです。

告《つ》げ口《ぐち》をいいことのようにあつかうべきではありません。

とつぜん、マドモアゼルの表情《ひょうじょう》が変《か》わりました。きびしく冷《つめ》たいものです。

マドモアゼルの表情《ひょうじょう》に気づいたプルーデンスは、はっと口をつぐみました。

「プルーデンス、あなたは悪い子です。意外かもしれませんが、わたしは告《つ》げ口《ぐち》を聞くよりいたずらをしかけられたほうがましなのです。すぐに行きなさい。がまんなりません」

プルーデンスはけっきょくテスト問題をひとつしか読めないまま、今にも怒《いか》りの涙《なみだ》があふれそうになって、部屋を出ました。

心のなかで、はきすてるようにいいます。

夜にベッドをぬけだして、テスト問題を見てこよう。だれにも気づかれないし、トップになれるチャンスも十分にある。わたしが最高点《さいこうてん》をとったときの、みんなの顔が見物《みもの》だわ！

もうどうなってもかまわない。わたしはやる！

その後、マドモアゼルはいたずらのことでボビーに罰《ばつ》を与《あた》えるかしら、とプルーデンスは気をもんでいましたが、おどろいたことに、その日はひと言もおとがめなしでした。

じつはプルーデンスが先生たちの休憩室《きゅうけいしつ》を去ったあと、ボビーはマドモアゼルのユーモアのセンスにすくわれたのでした。

マドモアゼルはえんとつに手をつっこんだことを思い出して、笑《わら》いだしてしまったのです。

ただ、いたずら心で、ボビーにはちょっとしたショックを与《あた》えることにしました。

夕方の予習時間、ボビーがノートを持ってマドモアゼルの机《つくえ》までやってきたとき、マドモアゼルはボビーを最高《さいこう》にいたたまれない気持ちにさせることをいいました。

「ボビー、ビスケットは好《す》きですか？」

「え、えっと、はい、マドモアゼル」とボビー。

「そうだと思いました」

マドモアゼルはそれだけいうと、ボビーのフランス語のノートの採点《さいてん》にとりかかりました。

マドモアゼルはわたしのいたずらに気づいたんだ、とボビーは思いました。

いったいだれがしゃべったの？

もちろん、プルーデンス！　あのいやな告《つ》げ口《ぐち》や！

ボビーはとにかく、罰《ばつ》を与《あた》えないマドモアゼルの心の広さに感謝《かんしゃ》しました。

こんなに寛大《かんだい》な先生の授業《じゅぎょう》なら、しっかりがんばろう！

その晩《ばん》、寮《りょう》にいる全員がねしずまったころ、プルーデンスは部屋をぬけだしました。

まっ暗な先生たちの休憩室《きゅうけいしつ》に入ると、持ってきた懐中電灯《かいちゅうでんとう》をつけてマドモアゼルの机《つくえ》をさがします。

ありました。プルーデンスはうれしくてたまりません。

だれにも見られずに来られたし、あとはテスト問題を見て、答えを調べればいいわ！

ところが少し前、プルーデンスが寮《りょう》の部屋をぬけだすのを見た人がいたのです。

それはカーロッタでした。

ドアがカチリと開く音がしたとき、ベッドの上でぱっと体を起こすと、人影《ひとかげ》がドアの向こうへ消えていくところでした。

だれかな。

カーロッタはとなりの部屋の子かと思い、確《たし》かめにいくことにしました。

となりの部屋はしんと静まりかえっていましたが、ひとりだけ起きている子がいました。

ボビーです。

「だれ？」

「わたし、カーロッタ。わたしの部屋からだれかがこっそり出ていくのを見たの。それで、あなたたちの部屋の子が、いたずらをしかけにきて、もどったのかな、と思って確《たし》かめにきた」

ボビーはずらりとならぶベッドを見ながらいいました。

「この部屋はずっとみんないる。出ていったのは、あなたの部屋のだれかってことはない？」

カーロッタは確《たし》かめに自分の部屋にもどりました。プルーデンスのベッドが空っぽです。

そこで、またボビーのもとへそっともどりました。

「プルーデンスがいない。あの子、何をしてるんだと思う？」

「確《たし》かめにいこう」

ふたりはいっしょにろうかを進み、階段《かいだん》をおりました。

カーロッタがささやきました。

「先生たちの休憩室《きゅうけいしつ》から明かりがもれてる。たぶん、あそこね。でもいったい何をしてるのかな」

「こういうこそこそさぐるようなことは、あまり好《す》きじゃないなあ」

ボビーが少しきまりが悪そうにいいます。

けれども、カーロッタはこういうとき、まよいがありません。

休憩室《きゅうけいしつ》のなかをのぞいてみると……！

プルーデンスがフランス語のテスト問題をじっくり読んでいます。

かたわらには、文法《ぶんぽう》の教科書。ひとつひとつの答えを調べているのです。

ふたりはすぐに、プルーデンスが何をしているのかわかりました。

ボビーは誠実《せいじつ》さをとても重んじています。ですから、心底《しんそこ》ぞっとしました。

カーロッタはショックを受けませんでした。奇妙《きみょう》なことをたくさん見てきましたし、プルーデンスの性格《せいかく》はよくわかっています。

ボビーはすぐに部屋に入りました。

プルーデンスがびっくりして、床《ゆか》に教科書を落とします。ふたりをおびえた顔で見つめます。

「何してるの？　カンニング？」とボビー。

プルーデンスは堂々《どうどう》としらを切ることにしました。

「いいえ、調べ物をしにフランス語の文法《ぶんぽう》の教科書を見にきただけです」

カーロッタが机《つくえ》にかけよって、テスト問題の紙をひろいあげました。

「ほら、ボビー、やっぱりカンニングしてる！　テスト問題があるじゃない」

ボビーが、最大級《さいだいきゅう》にけいべつした目でプルーデンスを見ます。

「プルーデンス、あなたってとんだ偽善者《ぎぜんしゃ》ね！　いい子のふりをして、チャンスがあればいつでも告《つ》げ口《ぐち》をしたりカンニングをしたりする。あなた、カーロッタがサーカスの子だからって見くだしたでしょ。でも、わたしたちのほうこそ、あなたを見くだしてる。ずるくて、うそつきで、裏表《うらおもて》があって、正真正銘《しょうめい》のペテン師《し》！」

ひどい言葉の数々《かずかず》です。プルーデンスは、はげしくしゃくりあげ、机《つくえ》につっぷして泣《な》きました。

そうした物音や声に、院長先生が気づきました。

こんな夜中にいったいだれが起きているというんです？

休憩室《きゅうけいしつ》の前まで行ったとき、ボビーのけいべつをこめた言葉の最後《さいご》が聞こえました。

いったい何が起きているの……？

16 院長先生、三人と話す

「みなさん、みなさん！　ここで何をしているんですか？」

院長先生の、おさえていてもよく通る声がひびきました。

三人はドアのところに立っている院長先生をぼう然《ぜん》と見ました。

「ロバータ、あなたなら説明《せつめい》できますね？」

院長先生にうながされるままに、ボビーは答えました。

「はい、できます。院長先生なら、プルーデンスが何をしていたのか、想像《そうぞう》がつくと思います」

カーロッタがつづきをいいました。

「院長先生、プルーデンスはカンニングをしてたんです。フランス語のテスト問題を見ながら、答えを調べてました。明日、一番の成績《せいせき》をとるためです。プルーデンスはそういう子なんです」

プルーデンスはまた大きな音を立ててしゃくりあげはじめました。涙《なみだ》ながらに説明《せつめい》します。

「やってません。カーロッタは、サーカスの子だってことをわたしがあばいたから、そんなことをいっているだけです。カーロッタなんて大きらい。ボビーも大きらい」

カーロッタは声を立てて笑《わら》いました。

「プルーデンス、あなたにきらわれて、こっちはうれしい。あなたって最低《さいてい》！」

「カーロッタ、だまりなさい」

院長先生は不安《ふあん》に心を痛《いた》めていました。おそろしいことが起きているのです。

「三人ともベッドにもどりなさい。この件《けん》は朝になってからわたしがどうにかします」

つぎの日、三人はひとりずつ院長先生の部屋によばれました。

最初《さいしょ》はカーロッタ。院長先生にもう一度、とても冷静《れいせい》に、単刀直入《たんとうちょくにゅう》に、プルーデンスのしていたことを見つけた状況《じょうきょう》を話し、ふた言三言つけたしました。

「プルーデンスは、わたしをサーカスの子だからって見くだしてます。でも、どんなサーカスでもプルーデンスみたいな人は一週間とおいてもらえない。あの子は災《わざわ》いの種《たね》です」

院長先生は何もいいませんでしたが、そうかもしれないと思っていました。

プルーデンスの悪い部分は、まわりをまきこみかねません。セントクレアズにいい影響《えいきょう》を与《あた》えてくれないでしょう。セントクレアズがプルーデンスにいい影響《えいきょう》を与《あた》えられるとも思えません。

この学校でどうすることもできない子は、ほとんどいません。院長先生はそのことをほこりに思っています。

けれども、プルーデンスはそのごくたまにいる子に当てはまるように思えるのです。両親は、プルーデンスがまわりに見せている姿《すがた》が、すべてだとしんじています。溺愛《できあい》して甘《あま》やかし、娘《むすめ》がまちがったことをしても、しかるということをしてきませんでした。悲しいことです。

院長先生はつぎにボビーをよびました。

「カンニングを見つけるだなんて、気分のいいことではないでしょう。ロバータ、あなたはカンニングを何よりきらっていますよね？」

「はい、院長先生。カンニングなんて最低《さいてい》だと思っています。もしもプルーデンスみたいに人をあざむくようなことをしたら、自分で自分をきらいになると思います」

ボビーは、あれこれいたずらはしますが、正直でまっすぐな子なのです。

「ロバータ、それはおかしいですね。あなたはだれかをあざむくことに対して、かなりきびしい考えをもっているようですが、あなたこそ、だれかをあざむいていますよ」

「わたしはだれかをあざむいたりしません。あざむいたことなんてないです」

ボビーはほおをまっ赤にしていいました。おどろいていましたし、腹《はら》も立てています。

「ロバータ、あなたをご両親がこの学校に入れたのはどうしてですか？　ただおもしろおかしくすごさせるためですか？　あなたはお金を出してくださっているご両親をあざむいています。この学校で学べるようにしてくださっているというのに、あなたは学ぼうとしない。それから、セントクレアズをあざむいています。あなたは優秀《ゆうしゅう》な能力《のうりょく》を持っていて、学校のために活躍《かつやく》できるというのに、やろうとしない。そして何より、自分をあざむいています。勉強やスポーツにうちこむことで得《え》られるすべてのことを自分からうばっているのです。それから、自分のせっかくの特性《とくせい》を強めるどころか、弱めてしまっています。義務《ぎむ》や責任《せきにん》を引きうけようとしないから」

ボビーの顔から血の気《け》が引いてきました。

そのようなことをいわれたのは初《はじ》めてです。いつも生徒《せいと》にも先生にも人気だったのです。ところが、院長先生につらい真実をつきつけられました。これまで考えたこともない真実です。

院長先生がさらにいいます。

「ロバータ、もう行きなさい。わたしがいったことをよく考えて、自分が自分で思っているほど誠実《せいじつ》かどうかを見てみてください。もしも誠実《せいじつ》なら、わたしのいったことを正しいとみとめられると思います。そうなれば、自分自身について、わたしによい報告《ほうこく》をしにきてくれるでしょう」

院長先生はプルーデンスを三人のなかで最後《さいご》によびました。もっともあつかいがむずかしいと思われたからです。

プルーデンスは、自分の状況《じょうきょう》を正確《せいかく》に知り、進む道を自分で選択《せんたく》しなければならないのですから。

口火を切ったのは、プルーデンスでした。いつでもまずは自分から話したほうがいいと思いこんでいるのです。

「院長先生、お願《ねが》いです。わたしのことを悪い生徒《せいと》だと思わないでください」

「いいえ、あなたは悪い生徒《せいと》だと思わざるをえません。最悪《さいあく》といえます。残念《ざんねん》ながら、それが真実だとわかっています。プルーデンス、わたしはこの学校の生徒《せいと》ひとりひとりの性格《せいかく》を知っています。あなたが本当はどういう子なのかは、わかりすぎるほどわかっているのですよ」

プルーデンスがわっと泣《な》きだしました。というのも、自分に対して「不親切《ふしんせつ》」だと感じる人たちには、これがよくきくことがしょっちゅうあったからです。

けれども、院長先生には通用しません。いっそう冷《つめ》たい目で見つめられました。

「泣《な》きたいなら泣《な》きなさい。ただ、少しの勇気《ゆうき》をもってわたしと向きあい、話に耳をかたむけるのであれば、あなたのことをもっと評価《ひょうか》します。プルーデンス、あなたの性格《せいかく》には不正直《ふしょうじき》なところ、ずるいところ、意地の悪いところがあります。そして、あなたはそれを利用《りよう》したり、そのことを人に知られないようにしたりする、こざかしさがあるともいえます。セントクレアズには、あなたのような生徒《せいと》に与《あた》えられるものはありません。あなたに自分と向きあう勇気《ゆうき》がないなら、そして、欠点《けってん》をすてさろうとしないなら、あなたをセントクレアズにおいておきたくありません。学期末《まつ》まで時間をあげます。立ちむかう勇気《ゆうき》をもてない場合は、プルーデンス、あなたをこの学校にはおいておけません」

プルーデンスにしっかりわからせるには、ここまでいうしかありませんでした。

プルーデンスがおびえた目で院長先生を見つめます。

「でも……でも……父や母はなんというでしょう?」

「あなた次第です。さあ、行ってください」

プルーデンスは部屋をあとにしました。ボビーと同じくらいショックでふるえあがっています。

ふたりはそれぞれ考え事で頭がいっぱいになりました。

その日の授業《じゅぎょう》は午前中だけだったのですが、放課後《ほうかご》、ボビーが姿《すがた》を消しました。

パットとイザベルは、ボビーがテニスコートのほうへ走っていくのを見かけました。

心配になったふたりは、ボビーをさがしにいきました。

やっと追いついたふたごに、ボビーがはりつめた声でいいました。

「お願《ねが》い、ひとりにして。わたし、人をあざむいているっていわれちゃった。そのことについて考えないと」

パットは、怒《いか》りとおどろきから大声でいいました。

「だれがそんなこといったの？」

「それが、院長先生なの」

ボビーはこまった顔をあげて、ふたごを見ました。

ふたりがぎょうてんして口々《くちぐち》にいいます。

「院長先生⁉」

「わたしたち、院長先生がまちがってますっていいにいってくる」

「でも、院長先生はまちがってない。こうおっしゃったの。両親は高いお金を払《はら》って、セントクレアズでわたしが学べるようにしてくれてる。なのに、勉強しようとしない。それはあざむいてることになる。わたしには優秀《ゆうしゅう》な能力《のうりょく》があるのにそうしてるんだからって。院長先生がいうには、わたしは両親をあざむいていて……学校をあざむいていて……自分もあざむいてるって。わたしがいろんな人をあざむいてるなんて……もうショックで」

ふたごはおずおずとボビーを見ました。なんといっていいかわかりません。

ボビーはさらにいいました。

「お願《ねが》い、ひとりにして。このことをしっかり考えないといけないの。とても大事なことだから。わたしってくだらないことをたくさんするけど、自分が今、人生の分かれ道に来ているのがわからないほど、バカじゃない。どっちに進むか選《えら》ばないと。自分で選《えら》ばないと。だからちょっとのあいだ、ひとりにしてくれる？」

「わかった」とパットはうなずきました。

そして、ふたごは走ってその場を去りました。心のなかで、ボビーはすごいと思いながら。

自分自身に向きあう力があるのですから。

さて、ボビーですが、これからすべきことははっきりしていました。

院長先生のことをあんまり好《す》きとはいえない。すごく冷《つめ》たい怒《おこ》った目でわたしを見たから。

でも、話しにいったほうがいいよね。胸《むね》の内をはきだして、新たにやりなおそう。

学校の建物《たてもの》へとかけもどりながら、かわいそうに、ボビーはきんちょうしていました。

けれども、勇《ゆう》かんです。まもなく、院長先生の部屋のドアをノックしていました。

「お入りなさい」

落ち着いた声が返ってきて、ボビーはなかに入りました。

「院長先生、先生のおっしゃるとおりだとわかったことを伝《つた》えにきました。わたしはたしかにずっとだれかをあざむいてきました。そして、それに気づいてませんでした。でも……もうあざむくつもりはありません。しんじてください――わたしが今日から全力でがんばることを」

ボビーは勇気《ゆうき》をもってそういいました。話しているあいだじゅう、院長先生の目をまっすぐ見つめて。声は少しふるえていましたが、この小さな決意表明を、最後《さいご》までしっかり伝《つた》えました。

院長先生はめったに見せないやわらかな笑《え》みを顔にうかべました。

「ボビー、きっと決心して、すぐにいいにきてくれるとわかっていました。あなたをほこりに思います。そして将来《しょうらい》もっとほこりに思うことになるでしょう。あなたはもともと正直です。その正直さを失《うしな》わないでください。自分が行動する目的を、正確《せいかく》に知るようにすること。決断《けつだん》は公平にぶれずにすること。そうすれば、あなたは強くてすばらしい人になれます」

「院長先生、わたし、がんばります」

ボビーは幸せいっぱいに答えました。必要《ひつよう》なら一日十二時間だって勉強できそうな気分です。

わたしったら、院長先生を好《す》きじゃないなんて、どうして思ったりしたんだろう。

院長先生は、プルーデンスにもボビーと同じような勇気《ゆうき》があれば、と思いました。

プルーデンスには今回が最後《さいご》のチャンスです。はたして、それをつかんでくれるかどうか……。

17 セイディ、手紙を受けとる

ボビーがひとりで考えつくし、大きな決断《けつだん》をしようとしているあいだ、プルーデンスも院長先生にいわれたすべてのことをじっくり考えていました。

そして考えているうちに、カーロッタへのにくしみばかりが大きくなっていきました。

自分のいろいろな問題はどれもカーロッタのせいという気がしてなりません。

けれどもそれは、嫉妬心《しっとしん》のせいなのです。そして、ねたみやそねみで心に霧《きり》がかかると、物事がはっきり見えなくなるのです。

プルーデンスは院長先生との関係《かんけい》をよくしなければと感じていました。

それでも、ふたたび院長先生と向きあう勇気《ゆうき》はありません。

それに……後悔《こうかい》などしていません。ただ、いたたまれない状況《じょうきょう》をよくしたいだけなのです。

そんなわけで、プルーデンスは手紙を書くと、院長先生が自分の部屋にいないときを見はからって、机《つくえ》にさっとおきました。

やがて院長先生が手紙を見つけて読みました。

院長先生へ
院長先生がわたしにおっしゃってくださったことをじっくり考えました。そしてたしかに自分をはずかしく思い、反省《はんせい》しました。これからは心を入れかえて、ほかの人たちにいい影響《えいきょう》を与《あた》えるよう、努力《どりょく》します。

院長先生は悲しい気持ちになりました。

まだ自分を優等生《ゆうとうせい》に見せようとして。

プルーデンスはこんなふうに簡単《かんたん》に心を入れかえられると本気で思っているのでしょう。

それなら……見てみましょう！

夕方、明るい表情《ひょうじょう》になったボビーは、心配してくれたパットたちに気持ちを話しました。

「これからはスポーツも勉強もがんばろうと思ってる。でも、すました優等生《ゆうとうせい》になるつもりはないの。というか、そうはなれない。いたずらはやっぱりするつもり。ただ、何も気にしないあっけらかんボビーにはもう、なりたくないかな。これからはちゃんと気にするから。見ててね」

パメラはうかない顔をしていました。

今ではプルーデンスの親友になったことを、心から後悔《こうかい》しているからです。

プルーデンスをきらいはじめていたのですが、それを伝《つた》えられるほど気が強くはありません。

そのため、パメラは勉強ににげこみ、ほかの人の倍もはげんでいるのでした。

パメラは、思ったことを気にせずいえるボビーをうらやましく思いました。

ああ、プルーデンスじゃなくて、ボビーと仲《なか》よくなれたらよかったのに。

プルーデンスはほっとした気分をひとりでかみしめていました。

院長先生は手紙について何もいってきません。きっといい印象《いんしょう》を持ってくれたんだわ、とプルーデンスは確信《かくしん》しました。

どういうわけか、マドモアゼルはけっきょくフランス語の小テストを行わず、クラスのみんなは胸《むね》をなでおろしました。

特《とく》にプルーデンスは安心しました。テストの前に問題を見たことをカーロッタにきっといわれてしまうと思っていたからです。

いろいろとうまくいってるわ、とプルーデンスは思いました。

となると、にくらしいカーロッタをこまらせたい気持ちがむくむくわいてきます。

プルーデンスは、カーロッタがこっそり外出していることを知っていました。

じつは、カーロッタはそれほど遠くない野原に、狩猟用《しゅりょうよう》のすてきな馬が何頭か放牧《ほうぼく》されているのを見つけたのです。馬が大好《だいす》きなカーロッタは、見にいって、時には乗ったりもしていました。

そうとは知らないプルーデンスは、カーロッタがサーカスの仲間《なかま》と会っているのだと思いこみ、その証拠《しょうこ》をつかもうと考えました。

ある日の午後、プルーデンスとパメラはいっしょに出かけました。

パメラは少しも行きたくはないものの、ことわることまではしませんでした。

プルーデンスはカーロッタが出かけるところを見ていましたが、小道でカーロッタを見うしなってしまいました。

そこに自転車に乗った男の人が通りかかりました。

男の人は自転車をおりると、近づいて話しかけてきました。

プルーデンスはぴんときました。

この人、カーロッタに会いにきたんだわ。

「すみません、セントクレアズ学院はこの近くですかね？」

男の人にたずねられ、プルーデンスが答えました。

「ええと……一キロ半くらい先にあります。でも、どうして？　だれかに会いにきたんですか？」

「できればぜひとも会う必要《ひつよう》がありましてねえ。とても重要《じゅうよう》な用件《ようけん》なんで。手紙をわたしてもらえませんかね？」

カーロッタがこんな人たちと会うために学校をぬけだしていると知ったら、院長先生はなんておっしゃるかしらねえ。

カーロッタをこまらせてやるチャンスだと思ったプルーデンスは、いいました。

「もちろん、手紙を持っていってあげます」

男の人はポケットから手紙をとりだすと、プルーデンスにわたしました。

「このことは人に話さないでくれるとありがたい。とても重要《じゅうよう》な用件《ようけん》なんで。今夜十一時にここで待ち合わせができるようにしたいんだ」

「わかりました。わたしにまかせてください」

「たのもしいなあ。すばらしい！」

そのとき、人が小道をやってきました。男の人はさっと行ってしまいました。

パメラは少し身ぶるいしました。

「わたし、あの人、きらい！　あんな人と口をきいちゃいけなかったと思う。まさか、カーロッタをこまらせるようなことをしようと思ってるわけじゃないわよね？」

プルーデンスはいらついて、手紙を見もせずポケットにおしこみました。

「もう、だまって！　そんなわけないじゃない、カーロッタのためにしてあげてるんです。お友だちからの手紙をわたしてあげようとしているだけ」

パメラは不安《ふあん》になりました。頭がずきずきしますし、みじめな気分です。

「パメラ、聞いて。あなたとわたしは今夜十時半に学校を出てここに来ます。それで生《い》け垣《がき》のうしろにかくれて、カーロッタとサーカスのお友だちとのあいだでどういう会話がくりひろげられるか聞きましょ。とんでもない計画がわかった場合は、報告《ほうこく》しなければ」

パメラは絶望的《ぜつぼうてき》な気分で友だちを見つめました。

「そんなこと、できない。わたし、できない」

「やるんです」

パメラはすっかりつかれて力が出ず、反論《はんろん》することもできません。

みじめな気持ちでただうなずくと、ふたりで学校にもどりました。

ふたりが着いたとたん、プルーデンスはヒラリーにつかまりました。テニスボールをきれいにする当番だったのです。

そこで、パメラが代わりに手紙をわたしにいくことになりました。

プルーデンスはぷっとふくれながら、手紙をパメラにわたしました。

パメラはカーロッタを見つけると、「あなたによ」といってわたしました。

カーロッタはふうとうを見もせずに、ビリッとやぶいて開けました。
一、二行を読んで、明らかにおどろいた顔をしています。
それからふうとうを見ました。

「ちょっと、わたしあてじゃないじゃない」

そういってふりかえりましたが、パメラはもういません。

カーロッタはセイディに手紙をわたしました。

「ああ、セイディ。はい、あなたに手紙。ごめんね、まちがえて開けてしまったの。でもそれって、おバカさんのパメラがあなたじゃなくてわたしに持ってきたせい。読んではいないから」

セイディは手紙を受けとりながら不思議《ふしぎ》そうにたずねました。

「だれから？　どうしてパメラが持ってたの？」

「さあね」

そういって、カーロッタは行ってしまいました。

セイディは中身を読みました。

セイディ様
あなたの乳母《うば》だったハンナです。覚《おぼ》えていますか？　わたしは今こちらに来ています。ぜひお目にかかりたいのですが、学校にはうかがいたくありません。農場のそばの小道まで来て、ほんの少し会っていただけませんか？　今夜十一時に待っています。

ハンナより

パメラに手紙をどうやって手に入れたのかきいてみようと思いました。ところが、パメラは頭痛《ずつう》でねこんでいたので、きけませんでした。

一方、パメラがねこんでいると知って、プルーデンスはほっとしました。けっきょく、その晩《ばん》はパメラをつれずにひとりで行こうと考えなおしたのです。かえって都合よく事が運びました。

18 とんでもない夜

その晩《ばん》、セイディはねむらずに横になり、夜の十時四十五分にそっと起きて着かえました。

そして校舎《こうしゃ》を出て、待ち合わせの小道へ向かいました。

セイディのあとを、黒い小さな影《かげ》がひそかについていきます。

プルーデンスです！

プルーデンスはもちろん、カーロッタのあとをつけているつもりで、まさかセイディだとは思っていません。

さて、十一時十五分ごろ、アリスンはふいに、のどがいがいがして目を覚《さ》ましました。

セイディがトローチを持っていることは知っていたので、起こして少しもらうことにしました。

ところがセイディがいません！　ベッドはもぬけの空《から》です。

どうしてセイディはどこかに行くことを、わたしに教えてくれなかったの？

ほかの部屋でパーティーを開いて、セイディだけがさそわれたのだとしたら、話は別《べつ》だけど。

でも「さそわれた」ってわたしに教えてくれてもいいじゃない。

アリスンは腹《はら》を立てながら、パットとイザベルの部屋をのぞきにいきました。

ところが、パーティーはやっていません。

ふいに、パットのひそひそ声が聞こえました。

「だれ？　何してるの？」

「ああ、パット。目が覚《さ》めた？」

アリスンは声をひそめてそういうと、パットのベッドへ行って説明《せつめい》しました。

「セイディがいなくなったの。服に着かえてて、ベッドは空《から》っぽ。そういえば今日の夜、セイディはずっとおとなしくて、なんだか不安《ふあん》そうだった。心配だわ……。ねえ、この部屋に空っぽのベッドが、もうひとつあるわ。あれはだれの？」

パットはおどろいて答えました。

「プルーデンスのベッド。まさか、ふたりがいっしょにどこかにいるんじゃないでしょうね！」

アリスンはますますわからなくなりました。セイディはプルーデンスをきらっているのです。

そのとき、カーロッタが起きてしまいました。

セイディとプルーデンスがいなくなったことをふたりが話すと、カーロッタが手紙のことを思い出して、ふたりに説明《せつめい》しました。

アリスンが不安《ふあん》げにいいました。

「まさか……セイディが誘拐《ゆうかい》されたなんてこと、ないわよね？　前に、アメリカにいるとき、誘《ゆう》拐《かい》されそうになったことがあるっていってた。ほら、セイディってものすごくお金持ちでしょ。お母さんがここに入れたのも、アメリカでまた誘拐《ゆうかい》されるかもしれないって心配したからなの」

カーロッタがベッドをおりていいました。

「まず、パメラにあの手紙をどこで手に入れたのか聞いたほうがいいと思う」

「パメラは療養棟《りょうようとう》だけど」とパット。

「うーん、だったら療養棟《りょうようとう》に行こう。イザベルを起こして。早く！」

まもなく、ふたごとアリスンとカーロッタはこっそり敷地《しきち》をぬけて療養棟《りょうようとう》に向かっていました。

療養棟《りょうようとう》は、病気の子がねかされている場所です。ドアにはかぎがかかっていましたが、一階の窓《まど》のひとつが開いていていました。

カーロッタは音をたてずに窓《まど》からなかに入りました。猫《ねこ》のような身のこなしです！

「パットたちはそこで待ってて。わたしがパメラを見つけて、さっきのことをきいてくる」

カーロッタは階段《かいだん》をのぼり、うす暗い明かりがついている寝室《しんしつ》にやってきました。

そこでは、熱《ねつ》があるパメラがねむれずに横になっていました。

部屋にカーロッタがそっと入ってきたのを見て、パメラはおどろき、おびえました。

カーロッタはあわてて小声でいいました。

「しっ！　わたし、カーロッタだってば！　ねえパメラ、わたしに持ってきた手紙のことなんだけど、どこで受けとったの？」

「今日の午後、プルーデンスとわたしは農場のそばの小道でおかしな感じの男の人に出あったの。その人に、手紙をわたしてほしいってたのまれて。プルーデンスは手紙を受けとって、自分であなたにわたすつもりだった。でも代わりにわたしがわたすことになったの。男の人は今夜十一時にその小道であなたに会いたいっていってた。それか、ほかのだれかとあなたを会わせたかったのかも。だけどどうして？　何かあったの？」

「あの手紙はわたしあてじゃなかった。セイディあてだったの。その男の人、ほんとにわたしにわたすようにいったの？」

カーロッタはとまどっていました。

カーロッタにいわれて、パメラが顔をしかめながら、会話をひっしに思い出そうとします。

「えっと、考えてみると、手紙をわたす相手の名前はいってなかった。でも、とにかくプルーデンスはあなたのことだと思ったみたいだったわ」

カーロッタはフンとばかりにいいました。

「その男の人のことを、サーカスの人だと思ったんでしょうね。それでわたしをそこに行かせたかった。見はって、のぞき見して、報告《ほうこく》するつもりだったんでしょ。いかにもプルーデンス！でもたまたま手紙はわたしあてじゃなかった。どうも、セイディのまわりで何か恐《おそ》ろしいことが起きてる気がする。セイディは農場のそばの小道に行ってしまった。きっとプルーデンスもそこに行ってる――のぞき見するために」

パメラはおびえていましたし、みじめな気分でした。

「ええ、プルーデンスはそこに行ってるわ……。ああ、カーロッタ、わたし、プルーデンスの友だちということになってるでしょ。でも、本当はあの人が大きらい。わたしをつらくさせるんだもの。あの人がこわくてたまらない」

「ミス・くさった牛乳《ぎゅうにゅう》プルーデンスのことは、あとでわたしたちがどうにかするね」

カーロッタは部屋を出てパットたちのもとへもどると、今知ったことを手短に話しました。

「院長先生を起こしたほうがいいんじゃない？」とパット。

けれども、カーロッタが反対しました。

「だめ。まず、わたしたちで何が起きてるのか確《たし》かめよう。農場のそばの小道に行こうよ」

四人は自転車に乗ると、暗いなかをこいでいきました。

夏のうす闇《やみ》のおかげで、進む道はなんとか見えます。農場までの道のりがあと半分ほどになったころ、泣《な》きながらかけてくる人影《ひとかげ》に出くわしました。

プルーデンスです！

パットがあわてて声をかけました。

「プルーデンス！　どうしたの？　何かあった？」

「ああ、パット！　あなたなの？　ああ、パット！　恐《おそ》ろしいことになってしまいました！」

プルーデンスはそこでしゃくりあげると、さけびました。

「セイディが誘拐《ゆうかい》されてしまったんです！

カーロッタのあとをつけていると思っていたら、それはセイディで、農場の近くに着いたとき、男がふたりあらわれて、セイディをつかまえて。かくしていた車にむりやり入れてしまいました。わたしは生《い》け垣《がき》のうしろにかくれて見ていたんです」

「男たちは何かいってた？」とカーロッタ。

プルーデンスがすすり泣《な》きながら答えます。

「ええ。ジェイルベリーとかいう場所のことをいっていました。それってどこ？」

カーロッタがおどろいて声をあげました。

「ジェイルベリー！　知ってる。サーカスのみんなが今キャンプしてるところだもん。プルーデンス、たしかに男たちはセイディをそこへつれていくっていってた？」

プルーデンスは大きくうなずきました。

カーロッタはさっと自転車に乗りました。

「わたし、この先の電話*ボックスに行ってくる！　誘拐犯《ゆうかいはん》め、ジェイルベリーに着いて、おどろくがいい！」

カーロッタが電話した相手は、サーカスの人でした。

五分後、カーロッタはパットたちのもとにもどると、説明《せつめい》しました。

「サーカスのみんなが、車が来ないか見はってくれるって。それでやってきたら、車を止めて、まわりをとりかこむ。これでセイディを助けられなかったら、そのほうがおどろきね！」

「ああ、カーロッタ。あなたってほんとに最高《さいこう》！　でも、警察《けいさつ》に電話したほうがよかったんじゃない？」とパット。

「それは思いつかなかったな。わたしはこれから、お楽しみに加《くわ》わってくるね！　ジェイルベリーへの行き方はわかってる。自転車では行かないけど！」

「じゃあ、どうやって行くの？」とパット。

「馬に乗って！　このところ朝早くに乗っていた狩猟用《しゅりょうよう》の馬を借《か》りていく。馬たちはこのすぐそばにいるの。わたしがよべば来てくれる。さあ、お楽しみを見のがさないようにしないと」

カーロッタは野原に消えていきました。

そしてその晩《ばん》は、カーロッタの姿《すがた》をそれきり見かけることはありませんでした。

電話ボックス…公衆電話《こうしゅうでんわ》が設置《せっち》されている箱型《はこがた》の小さな建物。

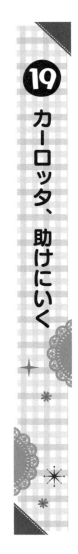

19 カーロッタ、助けにいく

カーロッタはそのあたりの地形をよく知っています。

カーロッタの確実《かくじつ》な足さばきに、馬は見事にこたえてくれました。

「お楽しみの場面にまにあうようにジェイルベリーに着きますように」

けれどもけっきょく、カーロッタはまにあいませんでした。

サーカスがキャンプしている野原に明かりが見えたので、すぐにそちらへ向かいました。

「だれだ？」

「ああ、ジム。わたし、カーロッタ！　どうなった？　わたしの伝言《でんごん》は聞いてる？」

「おう、みんな聞いたよ。それでおまえさんのために、女の子をとりかえした。ものすごくきれいな子だな」

カーロッタは笑《わら》って答えました。

「うん、セイディね。とにかく、何があったのか話して」

「ええと、電話をもらってすぐ、おれたちはトレーラーを野原から出して、道路をふさぐようにしておいた。ほら、その道は町までつながってるんだ」

ジムは星明かりのなかに見える道路を指さしました。道路といっても、広めの小道と変《か》わらないもので、背《せ》の高い生《い》け垣《がき》にはさまれています。

「あたりには人もいないし車も通らなかった。そこにとつぜん、ものすごいスピードの車がやってきたんだ。あれにちがいないって、おれたちはにらんだ」

「うわっ！　わたしもそこにいられたらなあ。それで、どうなったの？」

「あー、車はトレーラーに気づくと、当然《とうぜん》ながら止まった。おれたちは、トレーラーが動かなくなったふりをした。もうれつにおしたり引いたりしつづけた。そしたら車から男たちがふたりおりて、トレーラーをどかすのを手伝《てつだ》いはじめた。そこですかさず、おれは車にしのびよった。すると後部座席《ざせき》にいるじゃないか！　ひもでぐるぐるまかれて、口にさるぐつわをかまされてる、おまえさんの友だちだ。おれは急いでその子を車から出して、生《い》け垣《がき》のうしろにおしこんだ」

「すばやい仕事ぶり！」

カーロッタはすっかり話を楽しんでいます。

「おう、めちゃくちゃすばやくやった。そのあと、おれはほかのみんなのところにもどって、こっそり合図を送った。それですぐさまトレーラーを動かした。道路からどけたんだ。ふたりの男は車にもどって飛《と》びのると、後部座席《ざせき》に女の子がいるかどうかを確《たし》かめもしなかった。で、夜の闇《やみ》のなか、去っていった。女の子をおいてな！」

カーロッタは笑《わら》いだしました。

こんなにおもしろいことはありません。ふたりの誘拐犯《ゆうかいはん》があっさりうそにひっかかって、空《から》っぽの車で夜の道路を走りさったというのですから！

「誘拐犯《ゆうかいはん》がうしろを見て、セイディがいないことに気づいたら、なんて思うかな。ジム、ほんとにありがとう。これならもう、警察《けいさつ》に連絡《れんらく》してさわぎにしなくてもいいよね。セイディはわたしが学校につれてもどる」

カーロッタがトレーラーのなかにいるセイディのもとへ行くと、セイディはなんと、ヘアスタイルを直しているところでした。誘拐《ゆうかい》の直後とは思えない落ち着きぶりです。

カーロッタはセイディに起きたことをすべて説明《せつめい》しました。

「わたしたち、ニュースや警察《けいさつ》ざたにならずに学校にもどるのがいいと思う。全部秘密《ひみつ》にしてね」

カーロッタはジムにお礼をいうと、へっぴり腰《ごし》のセイディをなんとかうしろに乗せて、馬で出発しました。

ところが、当然《とうぜん》セイディはうしろで、上下にゆさぶられつづけました。

「ううう。カーロッタ、そんなにはずまないでって馬にいって！　カーロッタ、聞こえてる？」

カーロッタは思いきり笑《わら》ってから、いいました。

「はずんでおしりを馬にぶつけてるのは、そっちでしょ！　セイディ、がんばって！」

けれども、セイディはもうたくさんでした。半分ほど進んだところで、カーロッタにしがみついていた手をふいにゆるめて馬からすべりおちてしまったのです。

幸い、セイディはけがをしませんでしたが、

「もうぜったいそのはずむ馬には乗らない。歩

くほうがましよ」といいはりました。

カーロッタはしかたなく、そこからは馬を引きながらセイディと歩きだしました。

カーロッタを待っていた四人は心配して気をもみつづけ、とうとうへとへとになって学校にもどり、ふたごの部屋のほかのみんなを起こしました。

全員でベッドの上にすわり、その夜に起きたことを話しあいました。

カーロッタとセイディはもどっていませんし、プルーデンスはパニックになっています。

パットが東の空を見ながらいいました。

「あと三十分したら、日がのぼってしまう。ああ、たいへん。すぐに院長先生に話しにいこう。これ以上《いじょう》、カーロッタを待ってられないもの」

そんなわけで、パットとイザベルは院長先生を起こしにいき、先生はふたりの奇妙《きみょう》な話に耳をかたむけました。聞けば聞くほど不安《ふあん》がつのります。

そして、話が終わったとたん、警察《けいさつ》に連絡《れんらく》しようと電話の受話器《じゅわき》に手をのばしました。

そのとき、パットが声をあげました。

「見てください、院長先生！　カーロッタがもどってきました。セイディもいっしょです！」

ふたりは野原に狩猟用《しゅりょうよう》の馬をもどし、ちょうど日がのぼるころ、くたくたになって学校の敷地《しきち》を歩いていたのでした。

院長先生はすぐにふたりを自分の部屋によびよせました。そして、とんでもない話を聞いて、すっかりうろたえてしまいました。とにかく、ずいぶん長いこと歩いてつかれきっていたふたりに、熱《あつ》いココアをいれて、ビスケットを食べさせると、ねかせました。

みんなにも「まずはひとねむりしたあと考えましょう」といいました。

それから数時間後、午前中のうちに院長先生はみんなと話しました。

最初《さいしょ》に、「この件《けん》は警察《けいさつ》に報告《ほうこく》しなければならないことはたしかですが、できるだけさわぎたてないようにしましょう」ということに決まりました。

カーロッタは、感心しきりの警察官《けいさつかん》たちにいろいろときかれて大興奮《だいこうふん》でした。

プルーデンスも細かく質問《しつもん》されることになり、つらい時間をすごしました。

これまで、いやなことがあれば、うそでごまかしてにげてきましたが、今回ばかりはそれは通用しません。

「うちに帰りたい。具合が悪いんです。うちに帰らせてください」

プルーデンスは院長先生に泣《な》きながらうったえました。

「だめです。プルーデンス、あなたは自分が引きおこした問題からにげようとしています。向きあいなさい。これがあなたの教訓《きょうくん》になることを願《ねが》っています。当然《とうぜん》ながら、あなたがセントクレアズにいられるのは、今学期までです。このあと、クラスのだれからも好意《こうい》をしめしてもらえないでしょうが、そこから何かを得《え》られるよう、願《ねが》っていますよ。あなたが学ぶべきことを学ぶためには、罰《ばつ》が必要《ひつよう》です」

セイディのお母さんは、誘拐未遂《ゆうかいみすい》の事実を知らされると、あと二週間で学校は休みに入るというのに、たいへんなけんまくでセントクレアズに乗りこんできました。

すぐさまセイディをつれてかえりたいと申し出ましたが、院長先生は許可《きょか》しませんでした。

「あのような事件《じけん》が二度と起こらないことは、しんじてくださってだいじょうぶです。お母さま、セイディは、セントクレアズの生徒《せいと》としては、かなり大人びているといえます。もう少しこの学校になじんで学生らしくさせたいとお考えでしたら、喜《よろこ》んでおあずかりしましょう。ただ、お母さまはそうお望《のぞ》みでないかもしれませんね」

セイディのお母さんはアリスンに似《に》ていて、ふわふわ頭さんなのです。人生で興味《きょうみ》のあることといったら、服と、まわりを楽しませること——そして、大事なかわいい娘《むすめ》、セイディだけ。

「院長先生、そんな意地悪をおっしゃらないでくださいな。たしかに、わたしはセイディをこちらの生徒《せいと》さんたちのようにしたいとは思いません。うちのセイディはきれいでしょう？　それに、殿方《とのがた》に気に入られるようなかわいらしさがあります。こちらの生徒《せいと》さんのなかに、そういうかわいらしさのある方はいそうにありません。ちがいますか？」

院長先生はにっこりしました。

「ええ、いないでしょう。わが校で生徒《せいと》が学んで身につけるのは、殿方《とのがた》に気に入られるようなかわいらしさではありません。独立心《どくりつしん》、責任感《せきにんかん》、やさしさ、それに知性《ちせい》です」

セイディのお母さんは少しだまりこんだあと、口を開きました。

「では……とにかく、セイディをあと二週間、学期末《まつ》までおまかせします。わたしは町のホテルに滞在《たいざい》して、娘《むすめ》から目をはなさないようにします。学期が終わったら、アメリカにつれてかえります。セイディはアリスンというきれいな子を気に入っているようなので、よければ、アリスンもいっしょにつれていきましょう。ここでは一、二を争《あらそ》うかわいらしい子のようですから」

院長先生は頭のなかでメモをとりました。

アリスンのお母さまには、アリスンをアメリカに行かせないでください、とお伝《つた》えしなければ。アリスンは今学期、セイディの影響《えいきょう》を受けましたが、本来はもっとずっといい子なのです。見かけばかり気にする子にしてしまうわけにはいきません。

セイディとプルーデンスは今学期の終わりまで学院を去らずに残《のこ》ることになりました。

20 学期の終わり

こうして、今学期は終わりに向けてまたたくまにすぎていきました。テニスの試合《しあい》や水泳大会に試験《しけん》。毎日がもりだくさんで、だれもが朝から晩《ばん》までやることでいっぱいです。

パメラは具合の悪い日が一週間以上つづきました。院長先生のなかでこの病気の原因《げんいん》は、勉強のしすぎという結論《けつろん》にいたりました。それと気持ちがふさいでいたせいもあるでしょう。カーロッタによると、パメラはプルーデンスと友だちになったことを後悔《こうかい》して、ずっとなやんでいたようなのです。

院長先生はいいました。

「ではカーロッタ、パメラと仲《なか》よくしてあげてください。そしてプルーデンスがまたパメラを支《し》配下《はいか》におこうとしないよう、目を光らせてください。あなたが面倒《めんどう》を見て、少し笑《わら》わせてあげてくださいな！」

院長先生からのお願《ねが》いに、カーロッタはびっくりしましたが、ほこらしくも感じました。

そんなわけで、パメラは療養棟《りょうようとう》を出てから、カーロッタがいつもそばにいてくれるようになりました。プルーデンスを追いはらって、パメラを散歩《さんぽ》にさそってくれたり、予習を手伝《てつだ》ってとたのんできたりします。

まもなく、パメラは以前《いぜん》よりずっと明るくなりました。

ボビーはテニスも水泳もものすごく上達《じょうたつ》しました。スポーツと同じく勉強もよくできるようになりました。まわりにみとめてもらえてボビーはうれしくてたまりません。新たな自尊心《じそんしん》が生まれ、満《み》ちたりた気分になっています。

ジャネットも勉強をがんばりました。ボビーが勉強にいそしんでいて、ふたごまでそれにならっていたからです。

カーロッタはパメラがたくさん手伝《てつだ》ったおかげで、先生の想像以上《そうぞういじょう》に成績《せいせき》をあげられそうです。

そうしたみんなのがんばりの結果《けっか》、ほとんどの一年生は来学期、二年生にあがることになりました。

ただし、まだ十三歳《さい》のパメラは一年生をつづけます。

あとでジャネットがいいました。

「よかった。これでわたしたち、いっしょにいられるし……あまり好《す》きじゃないセイディとプルーデンスのふたりは、いなくなるし。たまたま先生の話を聞いちゃったの。プルーデンスが来学期にいなくなるって。だから、ちょっとやさしくしてあげない？　このところずっと、とても悲しそうだから」

それを知って、今学期最後《さいご》の数日はみんな、プルーデンスに対する敵意《てきい》のこもった態度《たいど》をやわらげ、プルーデンスは自信《じしん》と安心をいくらかとりもどしました。

プルーデンスはすでに学びはじめていました。もう、自慢《じまん》やうそはいっていません。

プルーデンスの一番の敵《てき》は自分自身だったのです。それはこれからもつづくでしょう。

学期の最終日《さいしゅうび》になりました。いつものように、荷づくりとあいさつで大さわぎになっています。

マージェリーは、テニスの優勝賞品《ゆうしょうしょうひん》にもらった美しいラケットを、ほこらしい気持ちで荷物に入れました。

ボビーも潜水《せんすい》の優勝賞品《ゆうしょうしょうひん》、すてきな新しい水着を同じくほこりをもって荷物にしまいます。

どの生徒《せいと》もみんな、うれしくてわくわくしていました。

アリスンは涙《なみだ》があふれそうになるのをこらえて、セイディにいいました。

「アメリカにいっしょに行けなくてごめんなさい。どうしてお母さんは行かせてくれないのかしら。セイディ、わたしのこと、わすれないでね」

「もちろん、わすれるものですか」

セイディは心からそう思っていました。ただし、だれのことも、あまり長くは覚《おぼ》えていられないのですけれど。

本当に興味《きょうみ》のあるものは、自分と見た目だけ。だれかとの友情《ゆうじょう》は永遠《えいえん》にはつづかないのです。

アリスンはそれを知りませんでした。

出発まであと数分です。最初《さいしょ》のグループが乗りこむ学校のバスが、玄関《げんかん》に到着《とうちゃく》しています。

一年生の全員がひとりずつあいさつするのにこたえて、ロバーツ先生がいいました。

「みなさん、さようなら。来学期からはわたしをこわがる必要《ひつよう》はありませんよ。みなさん、二年生になりますから。自分たちはもう一年生ではないんだと自覚《じかく》なさいね」

すると、そばに立っていた二年生の担任《たんにん》のジェンクス先生が笑《わら》いながらいいました。

「ロバーツ先生、この子たちはきっとあなたのもとにもどりたくてたまらなくなりますよ！　まだ知りませんからね。来学期、自分たちがどんなにきびしい人の教室に入るのか。ええ、わたしはそれはもう、勉強させます！　おそろしい罰《ばつ》もたくさん用意しています！　いたずらもすべて見やぶってやりますよ！」

一年生がどっと笑《わら》いました。

みんな、ジェンクス先生が好《す》きなのです。先生のクラスにあがれるのが楽しみです。

一年生は自分たちを待っているバスに乗りこみました。

アリスンが体を起こしたとき、ぼうしがかたむいて落ちました。

みんながアリスンの髪《かみ》をまじまじと見ます。

パットが声をあげました。

「アリスンったら、また髪《かみ》をおかしくしてる！　二十歳《はたち》をすぎた人みたいに、頭のてっぺんに全部もっちゃって。そんなのぜったいに変《へん》だったら。ほんとに変《へん》」

アリスンの顔がみるみる赤くなります。

けっきょくアリスンはまたぼうしをかぶると、むっとした顔でふたごのほうを向きました。

「だって、セイディは……」

とたんにバスに乗っている子がみんな、大喜《おおよろこ》びでおなじみの言葉をとなえはじめました。

「セイディは……セイディは……セイディはなんていってるの？」

さて、バスのみんなとはここでいったん、お別《わか》れです。一年生たちは長い夏休みをすごします。

大事な学年、二年生になったときに、みんなの身に何が起こるのか。

それはまた、つぎの物語で。

おちゃめなふたごの新学期

あらすじ

ふたごの姉妹《しまい》パットと
イザベルはセントクレアズ学院《がくいん》の
2年生に進級しました！

新しいクラスには
転入生が２人。

いつも落ちこんでいる
しょんぼりガールと
わがままますぎて
家を出された女の子。

正反対のふたりが
思いがけず近づく
ことになり……

それぞれの
秘《ひ》めていた力に
気づき、魅力《みりょく》を発揮《はっき》
していきます！

お約束《やくそく》の(！)
先生へのいたずらも、
もちろんありますよ♪

ちょっぴり成長した
ふたごの2年生の物語、
お楽しみに！

オサリバン家のふたごの姉妹《しまい》

パット

本名はパトリシア。正しいことをはっきりいえる。少々怒《おこ》りっぽい。

イザベル

やさしくてよく気がつく。かっとなったパットを助《たす》けることも。

転入生

グラディス・ヒルマン

みんなに話しかけられても無視《むし》する。通称《つうしょう》しょんぼりガール。

ミラベル・アンウィン

学期の半分でやめる約束《やくそく》で転入。わがままな性格《せいかく》。

シオボールド先生

セントクレアズ学院《がくいん》の院長《いんちょう》先生。

3年生

マージェリー・フェンワーシー

運動神経《うんどうしんけい》ばつぐん。元ふたごのクラスメイトで先に進級。

ルーシー・オリエル

頭がよくて明るく楽しい。マージェリー同様に先に進級。

おもな登場人物

ふたごのクラスメイト

ヒラリー・ウェントワース

２年生のまとめ役《やく》。明るくたのもしい。

ジャネット・ロビンズ

思ったことをすぐに口にする、いたずら好《ず》き。

ドリス・エルワード

ユーモアたっぷりで人をすぐに笑《わら》わせる。

アリスン・オサリバン

ふたごのいとこ。美《び》へのあこがれが強すぎる。

カーロッタ・ブラウン

かっかしやすい。頭の中はとんでもないアイデアでいっぱい。

ボビー・エリス

本名はロバータ。勉強にあきるといたずらをする。

エルシー・ファンショー

３年生になれなかったが2年生代表に。意地悪《いじわる》。

アンナ・ジョンソン

３年生になれなかったが2年生代表に。なまけ者。

先生たち

ジェンクス先生

2年生の担任《たんにん》の先生。

クエンティン先生

スピーチと演劇《えんげき》の授業《じゅぎょう》の先生。

マドモアゼル

フランス語の先生、「なげかわしい」が口ぐせ。

もくじ

おちゃめなふたごの新学期

1 ふたたび学校へ……170
2 二年生になって……176
3 学年代表ふたりと転入生ふたり……183
4 ミラベルはいやな子……190
5 ミラベルとしょんぼりガール……195
6 ショックとおどろきの一日……202
7 多《た》目《もく》的《てき》室《しつ》での話し合い……209
8 ミラベル、みんなをおどろかす……217
9 アンナ、院長先生に会う……228
10 グラディス、みんなをおどろかす……235
11 がっかりした二年生……245

12 グラディス、ミラベルと向きあう……252

13 中間休み……260

14 最高《さいこう》のコンサート……267

15 バカなエルシー……274

16 カーロッタの誕生日《たんじょうび》パーティー……282

17 二年生、いたずらをする……289

18 はらはらドキドキの試合《しあい》……299

19 アリスンとクエンティン先生……306

20 とびきりの学期末《がっきまつ》……315

訳者《やくしゃ》あとがき……331

1 ふたたび学校へ

夏休みの最後《さいご》の週は飛《と》ぶようにすぎました。

オサリバン家では、ふたごのパットとイザベルが、荷づくりに大いそがしです。

「わたしの編《あ》み物はどこ？　夏休みに学校から持ちかえったはずなのに」とパット。

「ラクロスのくつのかたほうを見なかった？」とイザベル。

「いつも、学校にもどるための荷づくりって、バタバタするのよね」

「二年生からは、担任《たんにん》の先生はどなたになるの？」とママがたずねました。

「ジェンクス先生。ロバーツ先生とお別《わか》れするのも、自分が一年生でなくなることも、ちょっとさびしいな。一年生って楽しかったもの」

イザベルの言葉にパットがうなずきます。

「ジェンクス先生のクラスも、きっと楽しいと思う。ロバーツ先生ほどきびしくなさそうだし」

ママがいいました。

「二年生もがんばって。さあ、パット、あなたのトランクのふたが閉《し》まるか、やってみましょ」

ところが、トランクは閉《し》まりません。ママがまたふたを開けて中を見ました。

「この本、全部は持っていけないわよ。三冊《さつ》出して。そうしたらトランクが閉《し》まるから」

パットは本を三冊《さつ》出すと、ママが見ていないすきに、イザベルのトランクに入れました。

パットのトランクが閉《し》まったので、ママはつづいて、イザベルのトランクにうつりました。

「こっちも閉《し》まらないわねえ」

ママがトランクを開けると、いちばん上にのっていた三冊《さつ》の本を出しました。

「やだ、これ、たしかさっき見たわよ！」

ふたごがクスクス笑《わら》いだします。それからふたりでトランクの上にすわってふたを閉《し》めました。

そのあともママに少し手伝《てつだ》ってもらって、ついに準備《じゅんび》ができました。

ふたごはふたりとも身じたくはすんで、冬の制服《せいふく》をきちんと着ています。グレーのジャンパースカートに、ブルーのブラウス、赤のネクタイです。ふたりはさらにグレーのコートをはおって、学校指定のリボンを巻《ま》いたグレーのフェルトのぼうしをかぶると、おたがいを見ました。

パットがすました顔でいいました。

「りっぱなセントクレアズの生徒《せいと》たちのできあがり。学校にもどるのが楽しみ！」

ママがにっこりしていいます。

「『りっぱ』といっていいかしらね。それに初《はじ》めはあんなに行くのをいやがっていたのにねえ」

パットはうなずきました。

「うん。わたしたち、いやな態度《たいど》をとろうって決めていた。そうしたら学校はわたしたちをおいておけなくなるだろうから。でも、いやな子をつづけられなかったの。セントクレアズのほうが、わたしたちより上手《うわて》で、最後《さいご》にはこっちがちゃんとするしかなくなっちゃった」

すると、イザベルが声をかけました。

「早く行きましょ。列車に乗りおくれちゃう」

三人は家を出ました。まずはセントクレアズ学院の専用《せんよう》列車が待つロンドンの駅に向かいます。

ホームはうるさいほどの活気にあふれていました。列車を待つ生徒《せいと》が何十人もいますし、見送りにきたお母さんたちや、生徒《せいと》の確認《かくにん》をしている先生たちもいます。

人がわさわさいるホームに着いたとたん、パットが声をあげました。

「ボビー！　ジャネットも！　ひさしぶり」

「ひさしぶり、ふたごちゃんたち！」

ボビーも大声で返します。パットはボビーの腕《うで》に自分の腕《うで》をすべりこませていいました。

「またあなたのつんと上を向いてる鼻を見られてうれしい。ひさしぶり、ジャネット！　お兄さんからまたいたずらグッズをもらってきた？」

ジャネットがにっと笑《わら》います。

「まあ、楽しみにしてて」

ちょうどそこにやってきたひとりの先生が、パットたちの会話を耳にしました。

「ジャネット、いたずらグッズといいましたか？　わたしのクラスでは、まあ、かくごなさい」

「はい、ジェンクス先生。かくごします！」といって、ジャネットがいたずらっぽく笑《わら》います。

そのとき、ホームをかけてくる黒っぽい瞳《ひとみ》に黒っぽい髪《かみ》の子を見て、ボビーが声をかけました。

「カーロッタ！　二年生の客車《きゃくしゃ》に乗って！」

カーロッタは学校じゅうの注目の的《まと》です。サーカスにいたことがあって、乗馬の名人なのです。

カーロッタは喜《よろこ》びに顔をかがやかせて、ふたごとボビーのもとへかけてきました。

「ひさしぶり！　みんなと同じ客車に乗るね！　ああ、あなたたちのいとこもいる」

ふたごのいとこのアリスンが、ひどく悲しそうな顔で近づいてきました。

「今学期はわたし、親友のセイディを思い出してばかりいると思うの」

セイディはファッションのことしか頭にないような子でした。ふわふわ頭のアリスンにかなり悪影響《あくえいきょう》を与《あた》えていたのですが、セントクレアズにはもうもどってきません。

みんなは客車に乗りこみました。

一年生の代表だったヒラリーは、二年生でも代表になれたら、と思っています。

「みんな、ひさしぶりね。カーロッタ、お休み中はサーカスで馬に乗ってきた？　いいわねえ！」

「わたしはもう、サーカスの子じゃないんだってば。夏休みは、父さんとおばあさんとすごしてた。おばあさんに今学期はマナーに注意しなさいっていわれちゃった。みんな、手伝《てつだ》ってよね！」

カーロッタの言葉に、パットが笑《わら》っていいました。

「お上品なカーロッタなんていや。そのままでいてね。ボビーも変《か》わらずに、いたずらしてよね」

「まかせて。ただ、ここでみんなにいっておく。勉強もがんばるつもり！」とボビー。

みんなを乗せた列車はゆっくりと駅を出ていきました。

どの客車もおしゃべりの声にあふれています。

「アリスンったら、もう髪《かみ》をいじりはじめてる。一日五十回以上《いじょう》はだめってことにしない？」

パットがいって、みんなが笑《わら》いました。

学校にもどるのは、うれしいものです。新学期はおもしろくなりそうです！

2 二年生になって

一年生ではなく二年生なのが、最初《さいしょ》はおかしな感じがしましたが、みんなはじきになれました。

「けっきょく、一年生は新しく入った子ばかりね。十二人いるんだって」

パットがいうと、イザベルがつづけました。

「みんなほんの子どもよね。十四歳《さい》にもなってない子がいるんだから」

ボビーも言葉をつけたします。

「前の学期の一年生はみんな進級したしね。十四になったばかりのパメラ以外《いがい》は、だけど」

パメラは前学期の転入生で、勉強をがんばっています。今学期は一年生の代表になりました。

三年生に進級できなかった二年生は、ふたりだけでした。エルシーとアンナです。

二年生にあがったばかりのみんなは、ふたりを見てがっかりしました。エルシー・ファンショーは意地悪でしたし、アンナ・ジョンソンはなまけ者なのです。

「わたしだったら、はずかしいけどなあ。どの学年でも、一年以上《いじょう》いるのはいや」とカーロッタ。

パットが考えながらいいました。

「ジェンクス先生がエルシーたちを進級させなかったのは、もう少しがんばってほしいからじゃないかな。ふたりに共同《きょうどう》で二年生の代表をやらせるつもりなんだと思う」

二年生には転入生がひとりいました。しょんぼりガールとよばれている子で、グラディスといいます。グラディスはだれに話しかけられても、むしします。

「そっとしておいてあげましょ。たぶん、ホームシックにかかっているのよ」とヒラリー。

そのとき、ボビーが興奮《こうふん》した声をあげました。

「新しい先生がいる！　スピーチと演劇《えんげき》の授業《じゅぎょう》の先生らしい。ほら、あそこ！」

クエンティン先生は黒い瞳《ひとみ》が印象的《いんしょうてき》で、見た目がとびきりすてきです。

なんてきれいなの、とアリスンは思いました。

「アリスンがいかにもあこがれそう！　つぎはクエンティン先生のヘアスタイルをまねっこするんでしょ。いつもだれかのまねばかり。前の学期では、セイディのまねばかりだったものね」

ボビーにいわれてアリスンは赤くなりました。このことではずっとからかわれています。

かわいらしい顔をぷいっとそむけると、みんなが笑《わら》いました。

二年生はすぐにジェンクス先生のやり方になれました。

ロバーツ先生ほど口やかましくなく、怒《おこ》るときもロバーツ先生ほど冷《ひ》ややかではありません。ですが無作法《ぶさほう》はゆるさず、先生のいうところの「フリフリやキラキラ」をきらっています。

「アリスンはつらい日々《ひび》に突入《とつにゅう》ね！」

ある朝、ボビーがそういってにっと笑《わら》いました。さっそくアリスンはジェンクス先生に、髪《かみ》のリボンとえりのブローチをはずすようにいわれて教室から出されていたからです。

パットがうなずきます。

「あと、カーロッタもね。ジェンクス先生は『フリフリやキラキラ』が好《す》きじゃないけど、だらしないのも好《す》きじゃないから。カーロッタ、とにかく自分の髪《かみ》を見て。今日は鳥の巣《す》みたい」

カーロッタはふだん、自分の見た目をちっとも気にしません。

「あー、さっきの計算問題がむずかしくて、ずっと頭をぐしゃぐしゃやってたからかなあ……」

イザベルもいいました。

「そういえば、マドモアゼルは、あいかわらずよね。おもしろくって、かっとなりやすくて、ドタドタ歩いてる。わたし、好《す》きなのよね。マドモアゼルのおかげで今学期も何かありそう」

愛《あい》すべき先生、マドモアゼルは、これまで数々《かずかず》のいたずらに見事に引っかかってくれました。怒《おこ》るとてもこわいのですが、多大なユーモアセンスの持ち主でもあります。

マドモアゼルは二年生を見まわして、いいました。

「ああ！　みなさん、いよいよ二年生です。一年生は赤ちゃんで何も知りませんが、二年生はもうお姉さんです。広い知識《ちしき》をもっています。みなさんのフランス語は、それはもう、パーrrrrフェクトになります。ドリスでも、r《エール》を正式なフランス風に発音できるようになります！」

みんなは笑《わら》いました。

ドリスもにっと笑《わら》いました。

ドリスは劣等生《れっとうせい》ですが、ものまねが得意《とくい》。学年全体を笑《わら》いのうずにまきこむことができます。

みんなからとても尊敬《そんけい》されていた生徒《せいと》会長のウィニフレッドは卒業《そつぎょう》して、スポーツ部総部長《ぶそうぶちょう》のベリンダがその座《ざ》におさまりました。

みんなは大歓迎《だいかんげい》。ベリンダは学校じゅうに知られていましたし、とても人気があるからです。

ベリンダは多目的室《たもくてきしつ》をひとつずつおとずれて、短いスピーチをしていきました。

「みなさん、ご存《ぞん》じのとおり、わたしは生徒《せいと》会長になりました。また、スポーツ部《ぶ》の総部長《そうぶちょう》もつづけます。こまったときには、いつでも来てください。できることがあれば手を貸《か》します。スポーツに関《かん》しては、全員にがんばってもらいます。今学期、ラクロスでは、セントクレアズを有名にしたいと思っています。みなさん、ぜひ練習にはげんでください」

ベリンダが二年生のいる多目的室《たもくてきしつ》から出ていくと、アリスンは「あーあ」といいました。

「どうして全員がスポーツをしないといけないの？　髪《かみ》がぐちゃぐちゃになっちゃう」

ジャネットがいいました。

「スポーツで、ひとつのチームとしていっしょにがんばることを学ばなきゃ。あなたは特《とく》に！」

「あー、もうだまって。ジャネットって、いつもわたしをせめたてるんだから」

新学期の最初《さいしょ》の週の終わりに、二年生にはびっくりすることがありました。

転入生がもうひとり、あらわれたのです。

その子は午後のお茶の時間にやってきて、ジェンクス先生が紹介《しょうかい》しました。

「ミラベル・アンウィンさんです。初日《しょにち》にはまにあいませんでしたが、来られてよかったですね」

するとミラベルが大きな声でいいました。

「いいえ、ちっとも。ほんとはまにあったんです。わたしが来ようとしなかったんです。今日来たのは、父と約束《やくそく》したから。今来たら、学期の半分の中間休み*前にやめていいって。父は、わたしをいったん入れてしまえば、そのまま、いるだろうと思ったんでしょう。でも、わたし、やめますから」

ジェンクス先生がなだめるようにいいました。

「ミラベル、そのくらいになさい。つかれがとれたら、すぐに落ち着いて、楽しくなりますよ」

けれども、このびっくりな転入生はいいました。

「いいえ、それはありません。あと、何に対し

中間休み…学期の中間にある一週間ほどの休み。

てもがんばる気もありません。だって、学期の半分でここを去るのに、がんばってなんになるんです？」

みんなはミラベルをまじまじと見ました。個人的《こじんてき》な問題をみんなの前でわあわあいうなんて。しょんぼりガールと気むずかしい子が増《ふ》えて、今学期はいっそう、おもしろくなりそうです。

3 学年代表ふたりと転入生ふたり

ジェンクス先生は、前から二年生だったふたりをともに学年代表に選《えら》びました。

院長先生とジェンクス先生がふたりについて話しあい、共同《きょうどう》で代表をつとめることはふたりを成長《せいちょう》させてくれるだろうという結論《けつろん》にいたったのです。

ジェンクス先生がいいました。

「エルシーは意地悪な面があるせいで人気がありません。アンナは根っからのなまけ者です」

院長先生が考えながらいいました。

「では、小さな責任《せきにん》を与《あた》えるのがよさそうですね。学年代表になれば、エルシーには自尊心《じそんしん》がめばえるでしょうし、アンナは重い腰《こし》をあげるしかありません。ちょうせんしてもらいましょう」

ジェンクス先生が不安《ふあん》そうな顔をします。

「ただ、ふたりがうまくやっていけるかどうか……。おたがいをあまり好《す》きではないんです」

「やらせてみましょう。エルシーは頭の回転が速いので、アンナをあおってくれるかもしれません。アンナはなまけ者であるがゆえに、わざわざ意地悪をしません。いい相棒《あいぼう》になりそうです」

エルシーは代表になることを喜《よろこ》びました。もちろん、共同《きょうどう》よりひとりがよかったのですけれど。

エルシーは思いました。

これでわたしをきらったみんなに、腹《はら》いせができるわ。

二年生になりたてのおバカちゃんたちには、わたしにしたがうことを少し教えないと。

なまけ者のアンナはだいじょうぶ。わたしのやることにはなんでも賛成《さんせい》するはずだから。

いっぽう、みんなには、エルシーがこれまでの腹《はら》いせをするんだろうと想像《そうぞう》がついていました。

ジャネットが声をあげます。

「そんなの、学年代表がすることじゃない！　ほかの子のお手本になるようにがんばるものでしょ。一年生の代表だったヒラリーは性格《せいかく》がよくて、なんでもいっしょにやってくれたのに」

「エルシーなんて、たえられないなあ。あんな子、ひっぱたいてやりたい」

カーロッタの言葉に、ボビーがショックを受けたふりをしていいました。

「カーロッタったら、まだそんなくせがぬけないわけ？　エルシーになんていわれることか」

最後《さいご》の言葉をエルシーが聞きつけました。

「わたしがどうしたって？」

「ああ、なんでもない。カーロッタがだれかをたたきたいっていっただけ」

そういって、ボビーがにっと笑《わら》いました。エルシーが冷《つめ》たい声でいいます。

「カーロッタ、あなたはもう二年生なの。人をたたくだなんて、口にしてもいけないわ」

「そうでしょうとも。ところでエルシー、わたしがだれをたたきたいか知りたくない？」

「あなたの人をたたくくせになんて、興味《きょうみ》ありません」

カーロッタの声に危険《きけん》なひびきを察知《さっち》して、エルシーはそれだけいうと、行ってしまいました。

この時間、多目的室《たもくてきしつ》には二年生全員が集まっていました。

グラディスは部屋のすみにすわって、いつものようにしょんぼりしています。

グラディスが目に入ったイザベルは、かわいそうになって、そばに行きました。

「こっちに来て、おどらない？」

グラディスは首を横にふりました。目に涙《なみだ》がうかんでいます。

「じゃましないで。わたしもあなたのこと、じゃましないから」

「ううん、じゃましてる。そんな顔でいられたら、気になってしかたないもの。あなたって何ひとつ楽しんでいないみたい。好《す》きな授業《じゅぎょう》やスポーツはないの？」

すると、グラディスから予想外の答えが返ってきました。

「演劇《えんげき》が好《す》き。ラクロスも。でも、ここでは何も好《す》きじゃない」

そこでグラディスは口をきかなくなってしまい、イザベルはあきらめました。

イザベルはパットのところに行きました。

「どうしようもないの。自分をあわれんで泣《な》いてばかり！　ミラベルのほうがましよ」

ミラベルは二年生をうんざりさせると同時におもしろがらせてもいました。みんなの限界《げんかい》まで失礼《しつれい》なことをしますし、「中間休みになったら一日だってここにいない」と毎日宣言《せんげん》します。

ボビーがたのむようにいいました。

「もうそれはいわないで。それと、いい？　マドモアゼルやエルシーにおうへいな態度《たいど》はやめて。さわぎに発展《はってん》しそう。あなたはなかなかのおバカさんなんだから、おとなしくしてよね」

ミラベルがかっとなりました。

「わたしはおバカさんじゃない！　がんばる気がないから、おバカに見えるだけ。わたしのピアノやヴァイオリンの演奏《えんそう》を聞くことね！　そうしたら、わたしのいってることがわかるから」

「えー、音楽を学ぼうともしないのに。歌の授業《じゅぎょう》じゃ口を開けもしないじゃない」

ボビーの言葉に、ミラベルは失礼《しつれい》な物言いを返しました。

「みんな、わかってないくせに！　あーあ、寄宿《きしゅく》学校って想像《そうぞう》以上《いじょう》に最悪《さいあく》ね！」

「あなたにはうんざり。あなたやしょんぼりガールや意地悪エルシーのせいでいやになる」

ボビーはそういいすてると、行ってしまいました。

「中間休みになったら学校を去るってことは、院長先生にもいったの？」

あるとき、パットがミラベルにききました。生徒《せいと》は初日《しょにち》にかならず院長先生と会うからです。

ミラベルはさっと頭をふりあげて、答えました。

「もちろん、いったわ！『わたしはだれのことも気にしません。院長先生でさえも』ってね！」

それはうそで、初日はこうでした。

その日、院長先生は、まっ赤な目をした女の子が部屋に入ってきたのを静《しず》かに見つめて、「すわりなさい」といいました。

ミラベルはさっそく、いいたいことをいおうとしたのですが、院長先生がだまらせました。

「わたしはこの手紙を書きおえなければなりません。話はそのあとです」

ミラベルは院長先生の落ち着きはらった顔をじっくりと見て、少しおそれをなしました。

待てば待つほど、いおうとしていたことをいうのがむずかしくなります。

やっと院長先生が顔をあげました。

「さて、ミラベル、あなたは気持ちが波立っているし、怒《おこ》っているし、反抗的《はんこうてき》になっていますね。お父さまはあなたが寄宿《きしゅく》学校に入るべきだと強くおっしゃっています。それは甘《あま》やかされたあなたが家のなかをたえがたい状況《じょうきょう》にしているからだ、と。お父さまがセントクレアズを選《えら》ばれたのは、この学校ならあなたをどうにかできるかもしれないとお考えになったからです」

ここで院長先生は言葉を切りました。そしてふたたび、話しだしました。

「この学校には、問題のある子がたくさんやってきました。その子たちのよい部分を引きだせることにかけては、わたしたちはほこりをもっています。ミラベル、あなたにも、よい部分がうもれているかもしれませんよ。ほかの子たちがもっていないような部分がね……」

「どういう部分ですか？」

ミラベルは思わず気になってきいてしまいました。

「むずかしい子は、特別《とくべつ》な才能《さいのう》をもっていることがあります。お芝居《しばい》や音楽などの才能《さいのう》です。あるいは、すぐれた性質《せいしつ》――だれにも負けない勇気《ゆうき》などです。あなたがそういう子なのか、ただの手に負えない子なのか、見てみましょう。学期の半分が終わるまでに、何かしらよい部分を見せてください。あなたのなかにある、光るものを！　何もなければ、あなたをおいておきたくはありません。退学《たいがく》させてあげましょう」

あまりにも予想外の言葉に、ミラベルはふたたび言葉を失《うしな》いました。

そもそも「中間休みになったら何がなんでもセントクレアズを去る」というつもりでした。

なのに、院長先生は、場合によっては「おいておきたくない」といったのです。

かまうもんですか！　そう思ったミラベルはいいました。

「父はひどいと思います。わたし個人《こじん》のことをあれこれ院長先生にいうなんて」

「信頼《しんらい》できる相手に、内密《ないみつ》に教えてくださったのですよ。だいたいミラベル、あなただってこの学校に着いたとたん、全校生徒《せいと》に自分の個人的《こじんてき》な問題を話していたと思いますよ」

ミラベルはまっ赤になりました。そのあと、もう少し話をして、ミラベルは部屋を出ました。

これまでは自分のやり方を通してきました。きつい言葉もちゅうちょなくいってきましたし、両親、弟、妹に対して好《す》き勝手にふるまってきました。

ついにお父さんが怒《おこ》って「おまえは家をはなれなければだめだ」と宣言《せんげん》したときには、大げんかになりました。

お父さんたちに、わたしの言葉は本気だってことを見せてやる！

わたしが家を出たくないと思ったら、いくら追いだしても、そうはいきませんからね。

そんなわけで、ミラベルは学校ではできるだけいやな子でいようとしました。

ほかの子のじゃまをしますし、教室では好《す》き勝手を通そうとします。

家にいたときにずっとやってきたように。

4 ミラベルはいやな子

二年生は、きらいな授業《じゅぎょう》でミラベルがいやなことをしても、それほど気になりません。けれども、英語《えいご》や美術《びじゅつ》の授業《じゅぎょう》をじゃまされるのは、がまんできませんでした。

ヒラリーがミラベルに怒《おこ》っていいました。

「みんなで『テンペスト』を読んでるときに、じゃましないで。くだらない発言をしたり、いすの上でもぞもぞして、ジェンクス先生に『ちゃんとすわりなさい』って何度もいわせたりして」

カーロッタも一気にまくしたてました。

「今度また、絵の具の筆を洗《あら》った水をだれかにぶちまけて、美術《びじゅつ》の授業《じゅぎょう》が十分もつぶれるようなことがあったら、そのうるさい口をだまらせてやるからね」

「わたしはやりたいことをやるの」とミラベル。

エルシーがとげとげしくいいます。

「そうはさせない。わたしはこの学年の代表よ。アンナもね。そのわたしたちからいいわたします。おとなしくしなさい。さもないと、どうしてそんなことをするのか、理由を追及《ついきゅう》します」

「理由なら知ってるくせに」

ミラベルはフンとばかりにいいかえしました。

ついに爆発《ばくはつ》が起きたのは、演劇《えんげき》の授業《じゅぎょう》のときでした。新しくやってきたクエンティン先生の授《じゅ》業《ぎょう》で、みんなは自分たちで芝居《しばい》の脚本《きゃくほん》を書いたり、演《えん》じたりします。

アリスンはクエンティン先生にあこがれて、みんなの予想どおり、なんでもまねをしました。たいていの子がクエンティン先生を好《す》きになりました。生徒《せいと》が少々《しょうしょう》規律《きりつ》からはずれたときの手ぬるい指導《しどう》は、あまりいいとは思っていませんでしたけれど。

もちろん、ミラベルはすぐに、クエンティン先生のいうことをきかなくなりました。

「はい、つぎはミラベルよ、お願《ねが》いね」

先生がいうと、ミラベルは聞こえないふりをします。そこで、先生がまたいいます。

「ミラベル！　あなたの番よ、お願《ねが》い」

みんなはクエンティン先生の「お願《ねが》い」という甘《あま》ったるいよびかけだけは、どうも好きになれませんでした。

とにかくミラベルはいつもこんなふうに時間をむだにします。みんなは先に進みたいのに。ある朝の授業《じゅぎょう》で、アリスンは大好《だいす》きな役の出番を待っていました。練習はしてあります。

授業《じゅぎょう》が終わるまであと十分。アリスンの出番にはぎりぎりまにあいそうです。

そのとき、ミラベルがまたバカなことをやりました。まちがったセリフをいって、まちがった動きをしたのです。こうなると、先生はミラベルにもう一度やらせなければなりません。

もうたくさん、とアリスンは思いました。ドン！　と足をふみならします。

「ミラベル、やめて！　あなたのせいでわたしの番が回ってこないじゃない」

すると、ミラベルがあざけるようにいいました。

「あーら、アリスン、おかわいそうに！　先生にほめてもらいたかったのにねえ」

教室はしんと静《しず》まりかえりました。アリスンの目からどっと涙《なみだ》があふれます。

すると、カーロッタがミラベルのつま先をがつんとふみつけたではありませんか。

クエンティン先生がおびえた顔で見つめます。

「あなたたち、何を考えているんです？　カーロッタ、ミラベルにすぐあやまりなさい」

「いいえ、あやまりません。ミラベルには当然《とうぜん》のむくいです」

つぎの授業《じゅぎょう》が始まるチャイムが鳴って、先生はかなりほっとしました。

「カーロッタ、ミラベルにあやまることで、この件《けん》をおさめなさい」

先生はそそくさと教室を出ていきました。

ミラベルは顔から血の気《け》が失《う》せています。ようやく、これだけいいました。

「足をふまれたくらいで、みんなのじゃまをやめると思ったら大まちがい。もっとやるわ！」

ヒラリーがいいました。

「バカなまねをやめないなら、わたしたちだってあなたがいやな気持ちになることをするわよ」

その日もつぎの日もミラベルはやめなかったので、みんなは音楽練習室に集まりました。

意地悪なエルシーはこの状況《じょうきょう》を喜《よろこ》んでいました。学年代表としてみんなに指示《しじ》できるのです。

さっそく演説《えんぜつ》を始めました。

「ここに集まったのは、ミラベルにしかえしする方法《ほうほう》を決めるためです」

するとヒラリーが口をはさみました。

「『しかえし』というのは正確《せいかく》じゃないわ。ミラベルにバカなまねをさせない、ということよ」

エルシーはいらいらしながらいいました。

「言い方はお好《す》きにどうぞ。さて、わたしから提案《ていあん》があります。みんなでミラベルの机《つくえ》から教科書をとってかくしましょう。あと、『アップルパイベッド』を毎晩《まいばん》しかけるの。シーツを折《お》りかえして、ベッドに入ろうとした人が足をのばせないようにする、あのいたずらよ。あと、ミラベルのコートのポケットとそで口をぬいつける。あと、ミラベルの長ぐつに石を入れる。あと

――」

ヒラリーが、うたがわしそうにいいます。

「それってどれも、ひどすぎない？　そもそも、そんなにいろいろやる必要《ひつよう》がある？」

エルシーはフンとばかりにいいました。

「まあ……お好《す》きなように。代表にしたがう人は、あなた以外《いがい》にもたくさんいるでしょうから」

話し合いは、もう少しつづきましたが、チャイムが鳴って、お開きになりました。

何も意見をいわなかったのは、グラディスだけです。

みんなも、そんなしょんぼりガールにすっかりなれて、気づかなくなっていました。

ラクロスをやるためにみんなが着がえに走っているときに、ヒラリーが口を開きました。

「やっぱりわたしたち、ミラベルに何かしないと。いやなことをしたらやりかえされるんだってことを教えるためにね。ただ、エルシーのいうしかえしには、悪意も入っている気がするわ」

ボビーがうなずきます。

「うん、いかにもエルシー。ああ、エルシーが代表じゃなきゃいいのに。あの子のやることは正しくないと思う。もうひとりの代表のアンナは、まったく役に立たないし……ただのなまけ者！」

5 ミラベルとしょんぼりガール

ミラベルは反抗的《はんこうてき》な態度《たいど》をとることに、つかれてきました。

おもしろがってくれる人もいるだろうと思っていたのに、みんな、腹《はら》を立てるだけ。

わたしのことを好《す》きになる人なんていない。愛《あい》してくれる人なんてひとりもいないんだわ。

お父さんだって、わたしを家から出したし、お母さんだって、お父さんに賛成《さんせい》した。

そんなふうにされて、どうやってがまんできる？　反抗《はんこう》するしかない。

その晩《ばん》、ミラベルは多目的室《たもくてきしつ》でみんなといたくなくて、こっそり音楽練習室に行きました。

前にミラベルがボビーに、ピアノとヴァイオリンを弾《ひ》けるといったのは本当のことでした。音楽は大好《だいす》きで、ピアノの腕前《うでまえ》はかなりのものですし、ヴァイオリンも上手に弾《ひ》きこなせます。

けれども、反抗《はんこう》してかたくなになっていたために、セントクレアズでピアノもヴァイオリンも学ぼうとしませんでした。お父さんには、提案《ていあん》されていたのに。

その晩《ばん》は気持ちがひどくふさいでいました。心が、すがりつける何かをほしがっています。

ミラベルは、家にあるヴァイオリンを持ってくればよかったと心から思いました。

音楽練習室はまっ暗でしたが、ミラベルは明かりをつけませんでした。通りかかった人に姿《すがた》を見られたくありませんし、とにかく今はだれとも会いたくなかったからです。

小さなテーブルに両手をついてよりかかりながら、ぼんやり考えます。

そのとき、手が何かにふれました。ヴァイオリンケースです。思わず、なかのヴァイオリンをとりだします。弓も手さぐりで見つけました。

つぎのしゅんかん、暗い部屋に音楽があふれました。ミラベルが演奏《えんそう》をはじめたのです。

自分をなぐさめるために。自分をわすれるために。

そして演奏《えんそう》を終えたとき、ミラベルはいいました。

「いい気分。わたし、音楽が恋《こい》しかったのね。ピアノも弾《ひ》きたい」

手さぐりでピアノをさがしあてると、暗いなか、そっと音楽をかなではじめました。

覚《おぼ》えている、切なく悲しい曲。それが今の気分に合っていたからです。

ふいに横で物音がして、ミラベルははっと手を止めました。

「だれ？」

けれども、答えはありません。

ミラベルは立ちあがってドアのそばのだれかにつかみかかり、服のそでをとらえました。

「だれ？」

もう一度たずねると、声が返ってきました。

「わたし……グラディス。ひとりでここにいたの。そしたらあなたが入ってきて、楽器《がっき》を弾《ひ》いて……あまりにもきれいな音楽で……悲しい曲を聞いてたら泣《な》いてしまった」

ミラベルはいらついていいました。

「あなた、いつだって泣《な》いてるじゃない。どうしてなの？」

「話したくない。みんなだって、わたしみたいだったら、しょんぼりガールになるわよ」

ミラベルは急に好奇心《こうきしん》がわきました。

「あなたみたいって……あなた、何が問題《もんだい》なの？　話してみて」

「だったら、明かりはつけないで。暗いほうが

話しやすい」

「ほんと、変《へん》な人。それで、何をそんなになげいているわけ？」

「お母さんのことなの。重い病気でね……入院してる。わたし、お母さんが大好《だいす》きで、恋《こい》しくてたまらないの。家族はお母さんだけ。とにかくお母さんといっしょにいたい……」

グラディスがまたはげしくしゃくりあげました。あまりにも悲しげに泣《な》くので、ミラベルはいっしゅん自分の問題をわすれ、ぎこちなくグラディスの腰《こし》に腕《うで》を回したほどです。

グラディスっていくじなしね……問題にちっとも向きあおうとしないんだわ。

それでもやっぱりかわいそうで、ミラベルは最初《さいしょ》に頭にうかんだことをいいました。

「じゃあ、あなたがわたしだったら？　両親に家から追いだされて……おまえは弟や妹をこわがらせて、みんなをいやな気持ちにさせるっていわれたら？　わたしのほうが運が悪いでしょ！」

グラディスがぱっと顔をあげました。ミラベルの甘《あま》ったれた言い分に、思わずいいかえします。

「自分がどんなに運がいいか、わからないの？　愛《あい》する家族がみんないて、みんなもあなたを愛《あい》してくれている。わたしにはお母さんだけで、はなればなれなのよ！　あなたがもしも、家族はおたがいに愛《あい》しあうべきなんだってことを理解《りかい》できないなら、家を追いだされてもしかたないわ。わたしなら、そんなひどい態度《たいど》はぜったいにとらない。自分をはずかしいと思うことね」

ミラベルは暗闇《くらやみ》をまじまじと見つめました。何をいっていいかわかりません。

グラディスはドアへ向かいました。くぐもった声でいいます。

「悪いけど……あなたは自分で自分を不幸《ふこう》にした。わたしは自分でじゃない。そこがちがうの」

ドアがバタンと閉《し》まって、ミラベルはひとりになりました。

頭に家族がつぎつぎとうかんできます。

今、家にいられたらよかったのに。ここはさびしい。ずっといやな子で通しているし。でもお母さんにひどい態度《たいど》をとっちゃった……。お父さんにもきらわれてしまったな……。

ジョーンもハリーもわたしがいなくなって、せいせいしてるだろうな。

わたしを必要《ひつよう》と思ってくれる人も、愛《あい》してくれる人も、この世界にはいないんだわ。

ミラベルは机《つくえ》につっぷして泣《な》きました。ただただ自分がかわいそうに思えてなりません。

しばらくして、やっと涙《なみだ》が止まり、顔をあげました。

もうひどい態度《たいど》をとるのはやめよう、とミラベルは思いました。

中間休みになって家にもどったら、いいふるまいをするようにがんばろう。

明日から、心を入れかえよう。そうしたら学校のみんなも、もっとやさしくしてくれるはず。

ミラベルは寮《りょう》にもどりました。頭のなかは、いくつものすばらしい決意でいっぱいです。

ところが、かわいそうなミラベル！

寮《りょう》の部屋に着いてベッドに入ると、足がうまくのばせません。

みんながアップルパイベッドをしかけ、それでは足りないとでもいうように、エルシーがとげとげの葉のついたヒイラギの小枝《こえだ》を、シーツの折《お》りかえした部分に入れていたのです。

ミラベルは、するどいヒイラギの葉がつま先にささって、悲鳴をあげました。

「痛《いた》い！　ベッドにこんなひどいものを入れたのはだれ？　足にひっかき傷《きず》ができたじゃない！」

ミラベルは足をむりやりのばそうとして、ついにはシーツをやぶいてしまいました。

みんながどっと笑《わら》います。ミラベルはアップルパイベッドのしかけを知らないようです。

しかけはこうです。二枚《まい》のシーツのうち、上のシーツを頭側《あたまがわ》に引きあげて、まくらの下にたくしこみ、足側《あしがわ》はポケットを作るように、半分に折《お》りかえします。あとはもとどおりに毛布《もうふ》をかければ、しかけられた人はベッドに入ってはじめて足がのばせないことに気づくというわけです。

となりの部屋からこっそり来ていたエルシーが、シーツのさける音を聞いていいました。

「あらあら！　朝になったら、寮母《りょうぼ》先生にやぶいたことを報告《ほうこく》しないとね。バカなんだから！」

ミラベルはエルシーにヒイラギを投げつけると、ベッドにもぐりこんでねむりました。

つぎの朝、ミラベルは早くに目が覚《さ》めました。横になったまま、考えます。

とにかく、バカなことをつづけるのはもうむり。やめないと。

そんなわけで、ミラベルは気持ちを前向きなものに立てなおして、教室に向かいました。

がんばって勉強しよう。カーロッタが足をふんだことはゆるしてあげよう。

みんな、わたしのことを思ったほど悪い子じゃないって気づいて、やさしくしてくれるわ。

それで、学期の半《なか》ばにわたしが去るときには、いなくなるなんて残念《ざんねん》、って思ってくれるの！

❻ ショックとおどろきの一日

アリスンとエルシーは、ほかのだれよりもミラベルへのしかえしを楽しんでいました。

エルシーはもともと意地悪な性格《せいかく》だったからで、アリスンはクエンティン先生の授業《じゅぎょう》で自分の番をじゃまされたことに腹《はら》を立てていたからです。

エルシーは一時間めが始まる前、だれもいない教室のミラベルの机《つくえ》のなかをさぐりました。

まずは、ミラベルがすっかり書きおわっていた数学の練習問題の用紙にインクをたらします。

つぎに、ミラベルの教科書を、手芸《しゅげい》の材料《ざいりょう》を入れておく戸棚《とだな》の奥《おく》にかくしました。

みんなが来るまで少し時間があるので、ほかにやれることがないか、あたりを見わたします。

今週の花当番はミラベルです。

花びんの水を空にして花がしおれたら、ジェンクス先生にしかられるわよね……！

エルシーは大きな四つの花びんの水を窓《まど》からすてると、急いで花びんをもどしました。

一時間めのチャイムが鳴って、二年生がぞろぞろと教室にやってきて席《せき》につきました。

ジェンクス先生も来て、机《つくえ》に教科書をおきます。

「みなさん、おはようございます。あら、アリスン、左手首につけている物はなんですか？」

「ブレスレットです」

アリスンがむくれて答えます。みんなはそれを見て、クスクス笑《わら》いました。

アリスンは、大好《だいす》きなクエンティン先生の物に少しでも似《に》ている何かを身につけたいのです。

ジェンクス先生はうんざりした声でいいました。

「アリスン、そのブレスレットを持ってきなさい。一週間、ようすを見ましょう。そのあいだ、わたしがあなたに一度も、フリフリやキラキラをとりなさいといわずにすんだら返します」

アリスンはふくれっ面《つら》でブレスレットをわたしました。

先生がいいました。

「ではみなさん、数学の教科書を出して計算にとりかかってください。これからよばれた人は宿題の練習問題の紙を持ってわたしの机《つくえ》に来るように。その場で採点《さいてん》します」

ミラベルは机《つくえ》のなかにあるはずの教科書をさがしました。ところが、なぜかありません。

ミラベルはジャネットにこそっとたずねました。

「わたしの教科書、使ってない？」

とたんに、ジェンクス先生の声が飛《と》んできました。

「ないしょ話は禁止《きんし》。ミラベル、どうしたんです？　またみんなのじゃまをするつもりですか？」

ミラベルはすなおに答えました。

「いえ、ちがいます。ただ、教科書が見つからないんです」

「ミラベル、あなたはそうやっていつも、あれがない、これがない、というふりをしますね」

「でも、先生、ほんとにないんです」

教科書は戸棚《とだな》の奥《おく》にあるのです。机《つくえ》のなかを一日じゅうさがしたって、見つからないでしょう。

「では、ジャネットのを見せてもらいなさい」

先生はそれだけいいました。ミラベルの言葉は半分しかしんじていません。

ミラベルはため息をつくと、ジャネットの教科書の問題をうつしました。それから前の晩《ばん》にやっておいた練習問題の紙を先生に見せるために出してみて、がく然《ぜん》としました。

インクのしみだらけになっていたのです。

心を入れかえようと決めたとたん、こんなことばかり起こるなんて！

ミラベルが宿題を持っていくと、先生はよごれた紙をうんざりした顔で見ました。

「またあなたのいつものすてきなやり方のようですね。宿題は、やりなおしてください」

「先生、わたし、ほんとにインクをつけていないんです」

ミラベルはそういいましたが、ジェンクス先生は、今回急にしんじることなどできません。

「宿題をやりなおして、今日の夕方持ってきなさい。つぎはよごさないように」

ミラベルは自分の席《せき》に向かいました。まさかみんながしかえししているとは思ってもいません。

つぎはフランス語の授業《じゅぎょう》で、ミラベルはあわてました。教科書も作文もないのです。

「マドモアゼル、すみません。昨日《きのう》やったはずの作文が見あたらなくて」

マドモアゼルはむっとした顔になりました。鼻めがねが大きな鼻の先にずりおちます。

それを見てみんなはわくわくしました。怒《いか》りがつのっているサインだと知っていたからです。

「あー、ミラベル！　やったはずの宿題が見つからないというんですか。そのいいわけは、わたしがセントクレアズに来てから何度聞いたことか。一万回は聞きましたとも！　あなたは宿題をしなかったんです。今日のお昼までに宿題を持ってきなさい」

「でもマドモアゼル、ほんとにやったんです！　教科書も見つかりません」

ミラベルはほとんど泣《な》きそうになっていました。

「そうやって、いつも授業《じゅぎょう》のじゃまをして！」

ミラベルはもう一度、マドモアゼルを説得《せっとく》しようとしました。

「昨日《きのう》の晩《ばん》、わたしが宿題を書いていたところを、エルシーが見ています。ね、エルシー？」

「まさか。見ていません」

エルシーが冷《つめ》たく答えたとたん、マドモアゼルが声をあらげました。

「ああ、ミラベル、またうそをついて！　うそをついた罰《ばつ》に、同じものを二度書きなさい」

ミラベルは、だれか同情《どうじょう》してくれないかと教室をぐるりと見わたしました。

ふだんは、だれかがこまっていると、たいへんねという視線《しせん》を送ってくれる人がいるものです。

けれども、ミラベルにそういう視線《しせん》を送ってくれる人はおらず、だれもが喜《よろこ》んでいました。

つぎの授業《じゅぎょう》では、ジェンクス先生が、花びんの水が切れていて花がすっかりしおれていること
に気づきました。先生がきびしい声で当番のミラベルをしかります。

「花を見なさい。このようすからして、花びんに水が一滴《てき》も入っていないようですよ」

まさかと思ったミラベルが、怒《おこ》っていいました。

「でも昨日《きのう》、全部の花びんに水をたっぷり入れました。うそじゃありません」

そこで、先生はそばの花びんまで歩いていくと、かたむけてなかをのぞきました。

「空《から》です。ミラベル、つぎには、だれかが空《から》にしたといいだしそうですね」

ミラベルははっとしました。

だれかにやられたんだわ。わたしがしてきたいやなことに対する、しかえしをしたのね。

ミラベルは顔をまっ赤にしながらも、何もいいませんでした。

授業《じゅぎょう》のあと、ミラベルは休み時間を全部使って、フランス語の作文を二度書きました。

みんながにやにやしたりつつきあったりしているのを見て、今では想像《そうぞう》がついていました。

朝からこまったことが起こるのは、ほとんどがみんなのせいなのです。

ミラベルは頭にきましたし、傷《きず》つきました。

心を入れかえようと決心したところだったのに！　みんな、ひどい。

そのあと、クラスのみんなでラクロスの試合《しあい》をすることになっていたのですが、ミラベルは寒さよけの制服《せいふく》のコートを着ることができなくて、おくれてしまいました。

アリスンがそで口をきっちりしっかりぬいつけておいたからです。

糸を切るのに、ミラベルははさみをさがしにいかねばならず、涙《なみだ》が出そうになりました。

つづいて、フィールドまでのぬかるんだ小道を行くために、長ぐつをはいたとき、痛《いた》みに悲鳴をあげました。小石が長ぐつの先に入っていたのです。

それでもむりにはいて歩きだしましたが、こらえきれずにとちゅうでぬいで小石をすてました。

スポーツ部顧問《こもん》のウィルトン先生は、すでにラクロスの試合《しあい》を開始していました。

ハーフタイムに入ったとき、先生がミラベルをしかりました。

「どうしてこんなにおそかったんですか？　ほかのみんなより十五分もおくれてくるなんて！」

そういって、ミラベルがいいわけするのを待ちます。

ほかの子たちは聞き耳を立てました。アリスンは落ち着かない気分です。

ミラベルは、不幸《ふこう》を聞いてもらおうと、口を開きました。

コートのそで口がぬいつけられていて、長ぐつに小石が入れられていたんです。

けれども、ミラベルは口を閉《と》じました。

弟や妹にいやなことをしたときに親にいいつけられると、わたしはいつもふたりをせめていなかった？　「告げ口《つぐち》なんて、ありえない」って。

みんなは告げ口《つぐち》されて当然《とうぜん》だけど、だからといってわたしが、告げ口《つぐち》やになることはないわ。

先生がいらいらしながらいいました。

「いいわけはないということですね。つぎにおくれたら、試合《しあい》には出しませんよ」

ミラベルが先生に告げ口《つぐち》をしなかったのは、りっぱな態度《たいど》です。

ヒラリーは思いました。

ミラベルをこまらせるのは、もうやめないと。今夜、わたしからエルシーにいおう。

7 多目的室《たもくてきしつ》での話し合い

その晩《ばん》、今回はヒラリーのよびかけで、ミラベル以外《いがい》の二年生が多目的室《たもくてきしつ》に集まりました。

「この集まりの目的《もくてき》は？」

エルシーが怒《おこ》りながらたずねました。自分以外《いがい》の人のよびかけで集まりが開かれたからです。

答えたのはヒラリーです。

「ミラベルのことを話しあいたいの。ミラベルは、わたしたちのことを告《つ》げ口《ぐち》できたのに、しなかった。だからもう、いやがらせはやめない？　十分いやな思いをさせたでしょ！」

とたんに、エルシーがいいました。

「ぜったいにやめない。あの子がしたのと同じくらい、こっちもあの子をうんざりさせなきゃ！」

「いいえ、もう十分よ。だいたい、数学の宿題をインクだらけにしたり、花びんの水を空《から》にしたりしたのはだれ？　計画にはなかったわ」

みんなだまっています。

エルシーの顔が赤くなってきました。わざわざいうつもりはありません。

ふいにカーロッタが声をあげました。

「やったのはエルシーね！　ほら、顔が赤くなってる！」

エルシーは怒《おこ》りました。

「やってないわよ。それと、わたしはまだ十分とは思わない。はずかしいめにあうべきだわ！」

口を開いたのは、ジャネットでした。

「でも、はずかしいめなら、もうあってる。自分のせいでね！　自分や家族の問題をわめきたてたてみんなに知られてるんだから。わたしはヒラリーの意見に賛成《さんせい》。これ以上《いじょう》何もしないでいい」

「まるでヒラリーが学年代表みたいな言い方ね」

エルシーが意地悪くいいます。

かっとなったボビーが口をはさみました。

「ヒラリーは一年生のとき、代表だったし、あなたよりずっといい代表だった」

「アンナも代表だってこと、わすれないで」とパット。

「二年生には代表がふたりもいるのに、ひとりはなまけ者で、ひとりは意地悪！」とボビー。

ヒラリーが、きまり悪そうにいいました。

「ボビー、やめて。本題にもどりましょう。つまり、ミラベルをこまらせるのはもうやめるってこと。チャンスをあげて、今日のことで何か学んだかどうか見てみるの。わたしたちが敵《てき》になっていたことは、わかったはずよ。今回のことは、とてもつらい経験《けいけん》にちがいないわ」

さきほどのボビーの率直《そっちょく》な意見に腹《はら》を立てていたエルシーは、いいました。

「ヒラリー、代表みたいな口をきかないで。それとアンナ、しゃんとしてわたしの味方をして」

するとアンナがいつものやさしげな声でいいました。

「でもわたし、あなたが正しいとは思えないんだもの。ミラベルにしかえしもしたくないし」

思いがけず、味方することを拒否《きょひ》されて、エルシーはおどろきましたし、頭にもきました。

「わたしたちは代表として協力《きょうりょく》すべきだし、みんなは当然《とうぜん》、わたしたちの指示《しじ》にしたがうものよ」

「でもわたし、このことではあなたに合わせられない。たしかにわたしはなまけ者だけど、意地悪じゃないの。代表としていわせてもらうわ。ミラベルをこまらせるのはやめます」

パットがいいました。

「どっちの代表の意見がいいか、多数決で決めない？　アンナの意見にしたがう人は手をあげて」

すぐにひとり残《のこ》らず、手があがりました。

かっとなったエルシーが、立ちあがりました。声がふるえています。

「これだから、半人前の元一年生たちといっしょの学年になるのはいやなのよ。じゃあ、教えてあげる。花びんの水を空《から》っぽにして、数学の宿題をインクでよごしたのは、アンナよ！　そんなことをして白状《はくじょう》しないような子に、したがいたいなら、どうぞご勝手に！」

エルシーは部屋を飛《と》びだすと、ドアを乱暴《らんぼう》に閉《し》めました。

アンナはくっきりしたまゆを、きゅっとあげました。少しまのびした口調でいいます。

「まあ、みんなにいっておくけれど、わたしはやっていないわ」

みんなはアンナをしんじました。アンナはなまけ者ですが、裏表《うらおもて》がなく正直なのです。

イザベルがいいました。

「エルシーのことはもう、学年代表だとは思わない。ねえ、アンナ、なんとか問題をおさめて」

「アンナったら、かわいそう。ついに目を開けて起きなきゃいけなくなるんだから」

カーロッタが少々《しょうしょう》意地悪く、大きな声でいいました。

ふいにアンナが立ちあがりました。

「まあ、わたしもエルシーの意地悪にはうんざりしてるってだけ。みんなが代表はわたしだけでいいっていうなら、目覚《めざ》めてもいいわよ。問題は……ミラベルへのいやがらせをやめるだけでは、十分じゃないってこと。ミラベルのまちがった行動を正すの。ただやめさせるだけでなくね」

アンナがこれほど長くしゃべったのも、自発的《じはつてき》に何かを提案《ていあん》したのも、初《はじ》めてです。

みんながぽかんとアンナを見るなか、ヒラリーは、この提案《ていあん》はすばらしいわ、と思いました。

「そうね。物事がまちがったほうへ向かうのを止めるだけでは、十分じゃないわ。正しい道を進むように、手を貸《か》してあげないと。でも、とっかかりが何もないわ」

ヒラリーの言葉に、イザベルがうなずいていいました。

「ミラベルって授業《じゅぎょう》はちゃんと受けないし、ラクロスは下手。何か得意《とくい》なことがあれば、それをほめて自信《じしん》をつけてもらうのに。今必要《ひつよう》なのは、そういうことじゃないかな」

そのとき、いつもはだんまりのしょんぼりガールが、おずおずと小さな声でいいました。

「ミラベルには、ちゃんと得意《とくい》なことがあるわ。とても上手なの」

みんなはグラディスをはっと見つめました。口をきいたことも、話した内容《ないよう》もおどろきです。

しゃべらなければよかった、とグラディスは後悔《こうかい》しました。

けれども、目の前で起きていることに、いつのまにか興味津々《きょうみしんしん》になっていたのです。

それに……ミラベルは昨日《きのう》の晩《ばん》、わたしの腰《こし》にそっと腕《うで》を回してくれた。ミラベルなりのぎこちないやり方で、やさしくしてくれたんだもの。

「その……ミラベルは、音楽が、ものすごく、得意《とくい》なの」

グラディスはきんちょうから、つっかえつっかえ答えました。

ジャネットがききました。

「どうして知ってるの？　ミラベルはこの学校で楽器《がっき》を演奏《えんそう》したことなんてないじゃない」

「それは、この耳で聞いたから。昨日《きのう》の晩《ばん》、ミラベルは音楽練習室にいたの。最初《さいしょ》にヴァイオリン、そのあとピアノを弾《ひ》いたわ。どちらもすばらしかった。まっ暗ななかで演奏《えんそう》したのよ」

カーロッタがおどろいて、声をあげました。

「あなたたちふたり、まっ暗ななかで何をしてたの？　おかしいじゃない！　あなたって、いつもまっ暗な音楽練習室にすわりにいくわけ？」

グラディスはなんといっていいかわかりませんでした。

ホームシックになると、だれもいない小さな音楽練習室によく行っていたのです。そんなことをいえるわけがありません。みんな笑《わら》うでしょう。

カーロッタがじりじりして、たずねました。

「答えられないってわけ？　ミラベルがまっ暗ななかで演奏《えんそう》するのを、よく聞きにいくの？」

「ううん、もちろんそんなことない。昨日《きのう》はただ……たまたま音楽練習室にいただけ……。そしたら、ミラベルが入ってきて……向こうにはわたしの姿《すがた》は見えなかった。それで演奏《えんそう》を聞けたの」

みんなは顔を見あわせました。

ということは、グラディスは夜、暗い小さな音楽練習室に消えていたんだ……ひとりぼっちで。

変《か》わった子です。何人かは思わず、このしょんぼりガールに同情《どうじょう》しました。

ジャネットがみんなを見まわしていいました。

「ねえ、ミラベルのやり方ってオサリバン家のふたごにちょっと似《に》ていない？」

「どういう意味？」とパットがむっとしてたずねます。

「一年前、ふたりはセントクレアズに初《はじ》めて来

たとき、いやな子でいようって心に決めてて、ほんとにそうしてた。ふたりならミラベルの考え方がわかるはず。何がきっかけで変《か》わったの？」

パットは、大さわぎだった最初《さいしょ》の学期を思い出しながら答えました。

「ええと、わたしたち、バカみたいなふるまいをしてるって気づいて……みんなにやさしくしてもらってるとも気づいて……そしたら気持ちが落ち着いて、何もかもが大好《だいす》きになったの」

そこで、アンナがふたたび話し合いの指揮《しき》をとりだしました。

「わかったわ、わたしたちもそうすればいいだけ！　ミラベルが今日、告《つ》げ口《ぐち》をしなかったのはりっぱだとわたしたちは思っている。だからもう、こまらせるのはやめて、仲《なか》よくすることにする。それでもしもミラベルに楽器《がっき》の演奏《えんそう》をさせることができたら、みんなで少しほめてあげる。そうすれば、気持ちも落ち着く。ということで、どう？」

「賛成《さんせい》！」とみんながいいました。グラディスもうなずいています。

そのとき、ドアが開いてミラベルが入ってきました。

みんながとっさにぺちゃくちゃおしゃべりをはじめます。

わたしのことを話してたんだわ！　ひどい、とミラベルは思いました。

そっちが新しいいやがらせを考えてるなら、こっちはまた前みたいにみんなを怒《おこ》らせてやる！

8 ミラベル、みんなをおどろかす

その晩《ばん》、ふたごはベッドに入ってからおしゃべりをしました。ベッドはとなりどうしです。

「エルシーは、アンナやわたしたちにしかえしするんじゃないかな」とパット。

「ミラベルがちゃんとしてくれるといいんだけど。わたしたちのことを、ものすごくうさんくさそうに見てた気がする。ジャネットが話しかけても、ほとんど答えなかったし」とイザベル。

パットがあくびまじりにいいました。

「わたしたちは今日、ミラベルにさんざんひどいことをしたんだから、当たり前かも。最初《さいしょ》はおかしかったけど、あとであまりいい気持ちがしなかったな。そういえば、グラディスが口をきいたことや、音楽練習室にひとりでいたってみとめたこと、おもしろいと思わない？」

「パット、ジャネットがいってたことは正しいと思う。以前《いぜん》のわたしたちは、ミラベルと似《に》た態《たい》度《ど》をとってたってこと。それで、みんなにきらわれちゃって、すごくいやだった。だから明日、ミラベルを少し元気づけてあげるのはどうかな」

そのとき、とつぜん暗闇《くらやみ》からエルシーのするどい声が飛《と》んできました。

「パット！　イザベル！　すぐにおしゃべりをやめて。明日、ジェンクス先生に報告《ほうこく》するわよ」

すると、ふたごが答える前に、カーロッタがからかうようにいいました。

「それはできないでしょ。学年代表じゃないんだから」

エルシーが怒《おこ》っていいかえします。

「あなたのことも報告《ほうこく》します。引き出しや戸棚《とだな》のなかをかたづけてないから」

すると、カーロッタがのんびりいいました。

「ふうん。そのお小言はまだ五十回めかなあ。いいつけなさいよ、ミス・イジワル・エルシー！」

とたんに、部屋じゅうから甲高《かんだか》い笑《わら》い声があがりました。

かっとなったエルシーがベッドの上でがばっと起きあがります。

「カーロッタ！　わたしに、いやしいサーカスの子みたいな口をきくなら――」

その言葉に、今度は部屋のみんながばっと起きました。

ボビーがいいます。

「いい？　カーロッタのことを『いやしい』だなんてよぶ子は、ひどいめにあわせてやる！　わたしたち、カーロッタのことをほこらしく思ってるんだから。いやしいのはそっちでしょ！」

これに頭にきたエルシーは、ボビーに対してどう思っているのか、ぶちまけはじめました。

そこにちょうど、ジェンクス先生が見回りでやってきたのです。

先生は暗闇《くらやみ》のなかで、だれかの声がしゃべりつづけているのを聞いて、おどろきました。

しかもその声ときたら、怒《おこ》っていて、敵意《てきい》に満ちていたのです！

先生は明かりをつけると、ドアのそばに立ちました。

「今話していたのはだれですか？」

だれも答えません。エルシーは、とにかく名乗りでることができませんでした。

「エルシー、学年代表として、おしゃべりしていた人を明日一時間早くベッドに入らせなさい」

エルシーはなんとも力ない声で答えました。

「はい、ジェンクス先生」

「ではみなさん、おやすみなさい」

先生は明かりを消していきました。部屋からクスクス笑《わら》いとひそひそ声が聞こえはじめます。

カーロッタが声をひそめていいました。

「エルシー！　明日は一時間早くベッドに入らなきゃね！」

ベッドで横になっていたエルシーは、ほおが熱《あつ》くなりました。

わたしったら、どうして先生に名乗りでなかったんだろう。

さて、つぎの日、朝食のテーブルについたとき、ふたごはミラベルに明るく笑《わら》いかけました。ミラベルも笑顔《えがお》を返しました。今日もまたいやなことをされるんだろうと思っていたところに、思いがけず笑顔《えがお》をもらえたことは、かなりのおどろきでした。

朝食のあと、パットとイザベルはミラベルに話しかけました。

「昨日《きのう》の晩《ばん》、わたしたちの部屋でさわぎがあったの、聞こえてた？」

「何かあったのはわかった。ほかの子たちがうわさしてるのを聞いたわ。何があったの？」

ふたごがエルシーとジェンクス先生の一件《けん》を話すと、ミラベルは笑顔《えがお》になりました。

「教えてくれてありがとう。おもしろい。ところで……今日もみんな、わたしにいやがらせをするつもりなの？　じつはわたし、心を入れかえようって昨日《きのう》決心したところだったの。それなのに、みんながあれこれするんだもの」

パットはおどろいて答えました。

「だったら、心配しないで。もういやなことをするつもりはないから。でも、あなたもがんばって。やっぱり毎日、授業《じゅぎょう》がさわぎになるんじゃ、うんざりしちゃう。あなたが問題をかかえていても、その怒《いか》りをみんなにぶつけるのは、ぜんぜん理由になってない」

「そうね。今はそう思う。わたしってバカだな。ずっとバカだった」

イザベルがいいました。

「ところで、来週、二年生はコンサートを開くでしょ。赤十字《せきじゅうじ》を支援《しえん》するために。二年生は全員、何かしないといけないの。あなた、ヴァイオリンを弾《ひ》いてくれない？　それと、ピアノも」

「どうして演奏《えんそう》できるって知ってるの？」

ミラベルはおどろいてたずねました。

そのときジェンクス先生が、自然散策《しぜんさんさく》に出発すると二年生につげにきて、話は終わりました。

その日、ミラベルは机《つくえ》のなかに教科書がもどっていることに気がつきました。

かくし場所からアンナが出して、もどしておいたのです。

エルシーは腹《はら》を立ててましたが、何もいいませんでした。

その晩《ばん》、多目的室《たもくてきしつ》でコンサートのプログラムを作るとき、イザベルはミラベルにいいました。

「わたし、プラグラムにあなたのヴァイオリンとピアノの演奏《えんそう》をのせたの。曲目はどうする？」

ミラベルがいいにくそうにいいました。

「わたし、こっちにヴァイオリンを持ってきてない」

「そんなの家に『送って』って連絡《れんらく》すればいいでしょ。今週はアンナに借《か》りればいいし」

パットの言葉に、アンナがうなずきました。

「今とってくるから、どんな感じか見てみて。いいヴァイオリンよ」

アンナは自分の楽器《がっき》をとってきて貸《か》してくれました。

「何か弾《ひ》いてみて」とイザベル。

そこで、ミラベルは暗い音楽練習室での夜のように、好《す》きなメロディーを少し弾《ひ》いてみました。

演奏《えんそう》しはじめるとすぐ、多目的室《たもくてきしつ》にみんながいることをわすれました。

セントクレアズにいることも。自分自身のことも。

みんなは魔法《まほう》にかかったように、聞きいりました。

純粋《じゅんすい》な本物の音が鳴りひびきます。

ミラベルが演奏《えんそう》をやめました。みんながはじかれたように拍手《はくしゅ》します。

パットが目をかがやかせて、いいました。

「ほらね！　あなた、やっぱりすごい！　つぎはピアノのところへ行って弾《ひ》いて。ほらほら！」

ミラベルは、みんなの尊敬《そんけい》をふくんだ顔を見まわしました。

エルシーだけはテーブルの席《せき》で本を読み、知らんぷりをしています。

ミラベルはピアノの前にすわると、芸術《げいじゅつ》を生みだす長い指を鍵盤《けんばん》に走らせました。ショパンのノクターンが静《しず》かな部屋に広がります。

多くの子はいい音楽が大好《だいす》きなので、喜《よろこ》んで耳をかたむけました。

グラディスは目を閉《と》じました。いつでも音楽は心を大きくゆさぶります。

やがて曲が終わりました。

みんな、いすの上で興奮《こうふん》し、感動しています。

「これで決まり。来週のコンサートで今の曲を弾《ひ》いてね。ほんと、すてきよねえ」とヒラリー。

ミラベルはとまどうやら、うれしいやらで、まっ赤になりました。

「わかったわ。今の曲を弾《ひ》く。それと明日、わたしの楽器《がっき》を送ってくれるよう、家に連絡《れんらく》する。アンナのヴァイオリンはほんとにいい楽器《がっき》よ。でも、自分の物のほうがいいの」

すると、イザベルがいいました。

「こんな実力をかくしていたなんて。すごい才能《さいのう》だわ！　わたしにも何か才能《さいのう》があったらな」

そのあと、ミラベルはイザベルがプログラムを書きあげる手伝《てつだ》いをしました。

そのあいだも、イザベルの言葉が頭にひびいていました。

『すごい才能《さいのう》だわ！』

ミラベルは院長先生がいっていたことも思い出しました。

『むずかしい子は、特別な才能《さいのう》をもっていることがあります……光るものを！』

学期が始まって以来初《いらいはじ》めて、ミラベルは幸せな気持ちになっていました。

イザベルのような子と親しく作業できるのは、うれしいことです。

それに、何かをほめてもらうのは、なんてすてきなのでしょう。

家では、ミラベルの演奏《えんそう》をすごいと思っている家族はいませんでした。自分が演奏《えんそう》することに興味《きょうみ》をもつ人がいなかったからです――弟以外《いがい》は。

その弟を、わたしは冷《つめ》たくあしらっていたっけ……！

ミラベルは思い出して、自分にうんざりしました。弟をはげますべきだったのです。

中間休みになって家に帰ったら、家族が思ってるほど悪い子じゃないってところを見せないと。

その晩《ばん》、八時になると、多目的室《たもくてきしつ》にいた二年生は目くばせしあいました。

エルシーが一時間早くベッドに入るとしたら、まさに今のはず。なのにすわったままです。

自分がおしゃべりの犯人《はんにん》だと申し出なかっただけでなく、罰《ばつ》を受けないつもりなのです。

そのとき、声をあげたのは、なんとアンナでした。

「エルシー！　しないといけないことは、わかってるでしょ。残念《ざんねん》な子だと思わせないで」

「わたしに向かってそんな口はきけないはずよ」

アンナは落ち着いた声でいいかえしました。

「きけるわ。わたしは学年代表なんだから。あなたにすべきことをいう権利《けんり》がある」

「ない。わたしも代表だから」

怒《おこ》った声でエルシーがいうと、とたんにいくつもの声が飛《と》んできました。

「ちがうわよ！　わたしたち、今はもう代表はアンナだけだと思っているんだから！」

「そういうことを決められるのは、ジェンクス先生だけよ」

そういって、エルシーはみんなを見わたしました。

アンナがいつものまのびした言い方でいいました。

「たぶん、あなたのいうとおりね。わたしと行って、ジェンクス先生に決めてもらいましょう」

ヒラリーはアンナをほれぼれと見ました。

エルシーの負けね。先生のもとへはたぶん行けない。はじをかくことになるもの。

たしかにエルシーはたじろぎ、やがて小さな声でいいました。

「わたし、行かない」

ジャネットがいいました。

「わたしたちはもう決めてる！　アンナが代表で、エルシーはちがう。エルシー、そういうわけだから、アンナのいうとおり、ベッドに行きなさい。自分がバカなことをしたせいだしね」

「ベッドには行かない。アンナにはしたがわないわ。代表だとはみとめない！」

すると、カーロッタが元気よく立ちあがっていいました。

「だったら、エルシーをみんなでつかまえて、寮《りょう》のベッドまで引きずっていこう！」

「やだ、やめて！　行く。行くわよ。あなたたちみんな、大きらい！」

エルシーは泣《な》きだし、大きくしゃくりあげながら部屋を出ていきました。

「カーロッタ、本気じゃなかったんでしょ？　でも明日のエルシーがこわいなあ」とボビー。

アンナは首を横にふりました。

「こわがらなくてだいじょうぶ。エルシーのことだから、自分を被害者《ひがいしゃ》だと思ってあわれみはじめるでしょうね。しょんぼりおとなしくして、わたしたちの同情《どうじょう》を引こうとすると思う」

ジャネットがうなずきます。

「たしかに。こっちも意地悪にはなりたくないし、放っておいて知らんぷりしよう」

「それがいいわ。ふう、まったく。ひとりで代表になるって、ものすごくたいへんねえ」

アンナはそういうと、また編《あ》み物を始めました。

9 アンナ、院長先生に会う

つぎの朝、ミラベルは自分のヴァイオリンを送ってもらうために、家に連絡《れんらく》をとることにしました。アンナに教わって、まずは院長先生のもとへ許可《きょか》をもらいにいきました。

「院長先生、お願《ねが》いです。家に連絡《れんらく》をとらせてください」

院長先生は笑顔《えがお》を見せず、かたい表情《ひょうじょう》をしています。

「どういう連絡《れんらく》ですか？　あなたは学期の半《なか》ばまで帰ることはできないんですよ」

「その……母にわたしのヴァイオリンを送ってほしいとたのみたいんです」

院長先生はおどろいた顔をしました。

「ヴァイオリン？　どうしてですか？　器楽《きがく》の授業《じゅぎょう》は受けていないでしょう？」

「受けていません。今は習いたいと思っています……。来週、二年生が開く赤十字支援《せきじゅうじしえん》のコンサートで演奏《えんそう》することにしたんです。そのとき自分のヴァイオリンを使いたいです」

院長先生はミラベルを見つめました。

「あなたには光るものが……特別《とくべつ》な才能《さいのう》があるということですか？」

ミラベルの顔が赤くなりました。そわそわと重心を右足から左足に変《か》えます。

院長先生はだまりこみ、少ししてやっといいました。

「ヴァイオリンを送ってほしいと家に連絡《れんらく》することを許可《きょか》していいものかどうか……。あなたがどの授業《じゅぎょう》でもひどい態度《たいど》をとっていることは聞いています。すべてをだいなしにしようとでもしているようですね。コンサートではきちんとふるまえると、どうしていえるんです？」

ミラベルはひっしに答えました。

「きちんとします。もう心を入れかえたんです。バカなことをするのはつかれました」

「なるほど。心を入れかえることを願《ねが》っていたのですが、期待ははずれたようです。やめるのは、単《たん》にひどい態度《たいど》をとるのにつかれたからで、おそらく、ほかの子たちに冷《つめ》たくされるのにもつかれたからなのでしょう。もう行きなさい」

院長先生の冷《つめ》たくきびしい言葉に、ミラベルはぞっとしました。

自分は心を入れかえるのだと思って、すっかりうかれていたところでしたから。

ですが、自分をはずかしく思ったのはたしかなのです。バカなまねにつかれただけではありません。

ミラベルはいいわけをしようと口を開きましたが、けっきょく何もいえず、部屋を出ました。

院長先生は少しのあいだ考えこんでいましたが、やがて、ジェンクス先生をよびました。

ジェンクス先生が、ミラベルは急に落ち着いてきたと報告《ほうこく》すると、院長先生はいいました。

「その理由を知りたいですね。代表のふたりが説明《せつめい》できるでしょう。こちらによこしてください」

ジェンクス先生は部屋を出て、アンナとエルシーをさがしにいきました。

ふたりはほかのみんなと多目的室《たもくてきしつ》にいました。

「院長先生が学年代表のふたりをおよびです。すぐに行ってくれますか?」

先生が冷《ひ》ややかな声でいって、その場をあとにしました。

部屋は静《しず》まりかえり、アンナが行こうと立ちあがりました。エルシーもです。

ところが、すぐにカーロッタがエルシーを引きもどしてすわらせてしまいました。

「エルシー、あなたは代表じゃない。院長先生のところへ行くことない!」

エルシーはあわてて立ちあがりました。

「行くわよ! 『わたしはもう代表じゃありません』だなんて、院長先生にいえないもの」

すると、ヒラリーがいいました。

「アンナがいえばいいわ。残念《ざんねん》だけど、あなたはひどい代表だった。もう受けいれない。あなたはジェンクス先生に決めてもらおうとしなかったわ。わたしたちの決定を受けいれたのよ」

エルシーは半分泣《な》きながら、うったえました。

「アンナがひとりで行くなんて、だめ。こんなのひどい。院長先生がどう思う？」

「そういうことはもっと前に考えるべきだったわね。アンナ、行って。エルシーのことはできるだけ説明《せつめい》をひかえて、今の代表はあなたひとりなんだってことだけ、わかってもらってね」

アンナは出ていきました。

エルシーは自分のいすにもどると、可能《かのう》なかぎりさびしげに、しょんぼりしました。これでみんなが気まずい気持ちになって後悔《こうかい》すればいいと思っています。

ところが、みんなはエルシーをむしして、それぞれ楽しそうにおしゃべりをつづけていました。

その日は土曜日で授業《じゅぎょう》は一時間めしかなく、あとは自由にしていいことになっています。

院長先生の言葉で泣《な》いていたミラベルは、みんなをさけてロッカールームにいました。

ロッカールームを出たとき、ちょうど院長先生のもとへ行くアンナが通りかかりました。

「あら、ミラベル。ヴァイオリンのことで家に連絡《れんらく》する件《けん》、院長先生に許可《きょか》してもらえた？」

「だめだった。アンナ、院長先生ったらひどいの。わたしが心を入れかえたのは、バカでいるのにつかれたせいなだけだって。今ではわたし、自分をはじてるのに……。心を入れかえると決めた日にみんなにしかえしをされたのは、つらかった。今度は院長先生まできつく当たる。これでがんばる意味がある？　むだでしょ。コンサートには出ない。何もしないわ」

「待って、あとで話しましょう。ミラベル、かわいそうに。とにかく元気を出して」

そういうと、アンナはろうかを走って院長先生の部屋に行きました。

あらわれたのがひとりだったため、アンナは理由をたずねられました。

「院長先生……エルシーはもう、学年代表じゃないんです」

院長先生がひどくびっくりした顔をしています。

「初耳《はつみみ》ですね。どうして代表ではないんですか？」

「わたしたちみんなで、エルシーはもう代表にはふさわしくないという結論《けつろん》にいたりました」

告《つ》げ口《ぐち》にならないようにエルシーのことを説明《せつめい》するのは、なかなかたいへんです。それでも、そのあと院長先生の質問《しつもん》に答えながら、いくらか話しました。

院長先生は気づきました。ずっとなまけ者だったアンナに、たのもしさが感じられます。

「二年生の考えが正しいのでしょう。あとは、今回のことがエルシーにとっていくらかよい結果《けっか》になってくれればいいのですが。すでにあなたには進歩が見えますよ！」

アンナはほおを赤らめました。

院長先生は話をつづけました。

「あなたをよんだのは、ミラベル・アンウィンについてたずねたかったからです。意見を聞かせてもらえますか？　あの子をどうすべきか、考える助けになるようなことなら、なんでもです」

「ミラベルはうんざりするような態度《たいど》をとってきました。それで二年生はミラベルをこらしめたんです。今ではミラベルは自分をはじています。自分のいいところをわたしたちに見せたいとも思っています。ミラベルが家に連絡《れんらく》することを許可《きょか》してもらえませんか？」

院長先生はアンナのまっすぐな言葉に、ほほえみました。

「なるほど、いいでしょう。少し前に、わたしは許可《きょか》しないとミラベルにいいわたしました。ですが、あなたからミラベルに代表として伝《つた》えてください。わたしが考えを変《か》えて、連絡《れんらく》を許可《きょか》したと。それから、『二年生のコンサートでの演奏《えんそう》を楽しみにしていますよ』と」

「はい、院長先生。ありがとうございます」

アンナは大喜《おおよろこ》びで部屋を出ました。きちんと評価《ひょうか》してもらえて、努力《どりょく》のかいを感じています。

さっそく、ミラベルに院長先生の言葉を伝《つた》えました。

ミラベルはびっくりしましたし、うれしくてたまりません。

すぐに電報《でんぽう》を送ると、受けとったミラベルの家族はぎょうてんしました。

おどろいたお母さんがいいました。

「ヴァイオリンを送ってほしいだなんて、気持ちが少し落ち着いたんだわ。ほんとうによかった」

ヴァイオリンはつぎの週の月曜日にはとどいて、ミラベルはうきうきと梱包《こんぽう》から出しました。

これでいい演奏《えんそう》ができるわ。二年生に、本物の音楽とはどういうものか、聞かせてみせる！

院長先生にも、音楽の才能《さいのう》だけはあるとわかってもらえるはず。

どうか、わたしは光るものがある子なんだって思ってもらえますように。

10 グラディス、みんなをおどろかす

二年生はコンサートの準備《じゅんび》でとてもいそがしくなりました。

一年生の全員と三年生のほとんどと、四年生以上《いじょう》の上級生も何人か来ると約束《やくそく》してくれました。

先生たちも全員来てくれるので、かなり大きなイベントになりそうです。

二年生はすべてを自分たちですることになっていて、プログラムとチケットの用意もしました。

コンサートは体育館で行います。ちょうどいい舞台《ぶたい》があるからです。

マドモアゼルはうかれすぎの二年生が気に入りません。授業《じゅぎょう》に身を入れないのは言語道断《ごんごどうだん》です。

「イザベル！　パット！　ぼーっとして。今わたしがした質問《しつもん》はどういうものでしたか？」

カーロッタがふたりにこそっと教えてくれました。

「『だれか、わたしのめがねを見ませんでしたか？』」

そして、カーロッタはにっと笑《わら》いました。当然《とうぜん》ながら、これはまっ赤なうそ。

ふたごはあっさりひっかかりました。

「めがねを見かけなかったかとたずねました。でも、鼻の上にのっていますす」とパット。

教室じゅうからどっと笑《わら》いが起こります。

マドモアゼルが怒《おこ》って机《つくえ》をたたきました。

「ああ、あなたたちときたらなげかわしい《ク・ヴゼット・アボミナブル》！　たえがたい《アンシュポルタブル》！」

カーロッタはお腹《なか》をおさえてひっしに笑《わら》いをこらえ、涙目《なみだめ》になっています。

「パット！　イザベル！　わたしが話しているときに何を考えていたんですか？」

「あの、土曜日にわたしたちの学年が開くコンサートのことです。すみません」とパット。

「わたしもです」とイザベル。

「今度ぼんやり考え事をしたら、わたしはコンサートに行くのをやめます」

マドモアゼルのおどしに、教室じゅうから大きな「えーっ」という不満《ふまん》の声があがりました。

すると、マドモアゼルがまたにっこり笑顔《えがお》になりました。

「そのコンサートについて作文を書くなら、行くことにしましょう。明日までの宿題にします」

みんながまた「えーっ」と声をあげます。

けれどもまあ、それでマドモアゼルはきげんが直ったのですから、よかった！

そのコンサートで、何もする予定のない子がふたりいました。

エルシーは、何もしたくない、コンサートに行くつもりもないと宣言《せんげん》していました。

しょんぼりガールのグラディスは、だれからも何もたのまれていません。あの子は何もしないし何もできないだろう、とみんなが思いこんでいたからです。

グラディスはだれからも声をかけられなくて、傷《きず》ついていましたが、ほっとしてもいました。どの授業《じゅぎょう》でも静《しず》かなせいで、先生たちにも存在《そんざい》をわすれられそうになっています。

ただ、クエンティン先生の授業《じゅぎょう》でだけは、表情《ひょうじょう》にかすかな変化《へんか》があらわれていました。とはいえ、やはり先生には、何もできないだろうと思われて、指してもらえませんでしたけれど。

アリスンはクエンティン先生の授業《じゅぎょう》が大好《だいす》きです。本当によくがんばります。それは先生にほめられたいからでした。

コンサートの準備《じゅんび》は着々《ちゃくちゃく》と進んでいます。

ドリスは最高《さいこう》のものまねをいくつかする予定です。

リハーサルでものまねを楽しんだボビーがいいました。

「ドリス、あなたってほんとにおもしろい！　舞台《ぶたい》に出る仕事をすべきね」

「わたし、お医者さんになるの」

「あなたなら、いいお医者さんになるわね。患者《かんじゃ》さんをみんな、大笑《おおわら》いさせられるから！」

カーロッタはアクロバットをひろうする予定です。サーカスのわざを見せるのです。

「カーロッタ、あなたとドリスは、コンサートの目玉になると思う」とパット。

パットとイザベルは対話劇《たいわげき》をやります。おもしろい作品ですが、出来にはまだ不満《ふまん》です。

ボビーの出し物は、なんと手品。やりながら、おもしろいおしゃべりもします。

リハーサルでミラベルがコンサート用の曲を演奏《えんそう》したあと、ジャネットがいいました。

「ミラベルもまちがいなく目玉ね。演奏《えんそう》できることを発見できて、よかった！」

ミラベルがヴァイオリンをケースにしまいながら、たずねました。

「ところで……どうしてわたしが演奏《えんそう》できるってわかったの？　だれも知らないと思ってた」

「ううん、知ってる子がいたの。グラディスが教えてくれた」

「グラディス！」

ふいに、ミラベルは暗い音楽練習室での夜を思い出しました。

パットがいいました。

「グラディスは、あなたが暗い部屋に入ってきたっていってた。ということは、グラディスも暗い部屋にいたってことでしょ？　おかしな子。どんななやみがあるんだろう。だれにもいわないのよね。もしもいってくれたら、わたしたち、ちょっとは助けられるかも」

ミラベルはグラディスがいっていたことを全部覚《おぼ》えていました。

「ああ、なやみなら聞いたわ。お母さんが入院してるんだって。重い病気で、命があぶないらしいの。家族はお母さんだけっていってた。お母さんが恋《こい》しくてたまらないみたい。たぶんグラディスは、毎日、おそろしい知らせがとどくかもっておびえてるんじゃないかな」

みんなはだまって話を聞きました。かわいそうに思いましたし、うしろめたさも感じました。しょんぼりガールには、そうとうな心配事があったのです。

「どうしてみんなに教えてくれなかったの？」とボビー。

「今までわすれていたの」とミラベル。

ヒラリーがいいました。

「すぐに教えるべきだったわ。みんなでグラディスにやさしくできたかもしれないもの」

ミラベルは申《もう》し訳《わけ》ない気持ちでいっぱいになりました。

頭のなかが自分のことばかりになっていて、そのあと、みんながやさしくなって助けてくれたときには、ただうれしくて、しょんぼりガールのことなど頭にうかばなかったのです。

「ごめんなさい。みんなに話すべきだったわ。でも、グラディスは自分の問題を知られたくないと思う。だから、知らないことにしてあげて。そのうえでやさしくして、気にかけてあげるの」

二年生はだまってミラベルのアドバイスを受けいれました。

ミラベルはグラディスをさがしにいきました。その後のお母さんについていきこうとしたのです。

けれども、どこにもいません。

ミラベルは学校の屋根裏《やねうら》に行ってみました。

屋根裏《やねうら》の物置《ものおき》のひとつから、明かりがもれていて、なかから声がします。

グラディスの声とはちがうようでした。もっと力強い、低《ひく》い声です。

声は『テンペスト』に出てくるセリフをいっています。

『テンペスト』は今学期の授業《じゅぎょう》でやっているシェイクスピアの作品です。

グラディスじゃないわね、とミラベルは思いました。

だったら、だれ？　あっ、今度はまた別《べつ》の声が聞こえる。ここには二、三人いるんだわ。

さらに別《べつ》の声が聞こえてきました。やさしい、女性《じょせい》らしい声です。

もうがまんできません。

声の主たちの顔を見たい。どの子もシェイクスピアの作品を見事に演《えん》じているわ……！

ミラベルは物置《ものおき》のドアを開けました。

とたんに声がやみました。

ミラベルは目をこらしました。何人かでセリフを読みあっているはずが、いるのはひとりだけ。

グラディスです！

「うそ！　あなたしかいない！　全部あなただったの？」

「そうよ。出ていって。ここで静《しず》かに演《えん》じることもだめだっていうの？」

ミラベルは物置《ものおき》に入って、ドアを閉《し》めながら、いいました。

「いったい何をしているの？　さっきのはすばらしかった。セリフは暗記してるってこと？」

「ええ、暗記してる。わたし、演《えん》じることが大《だい》好《す》きなの。ずっと前から好《す》き。でも、クエンティン先生は授業《じゅぎょう》でわたしを指してくれない。

どの役も上手にできるのに。ボビーの役、やるから見てて」

そしておどろくミラベルの目の前で、グラディスはボビーのやった役を演《えん》じはじめました。

その見事なこと！　役の人物にしか見えません！

しょんぼりガールは消えて、屋根裏《やねうら》に別《べつ》の人物があらわれました。よくひびく声、たけだけしい顔つき、強烈《きょうれつ》な個性《こせい》。おどろくべき才能《さいのう》です。

ミラベルは口をあんぐり開けて、つったっていました。

グラディスはカーロッタのやった役もやってみせました。カーロッタの倍のうまさです。荒々《あらあら》しく、力のこもった声が屋根裏《やねうら》にとどろきます。グラディスのいつもの弱々《よわよわ》しくおとなしい声とは大ちがいです。

「グラディス！　あなた、とにかくすごいわ！　いつもは内気で、声なんて、小さいじゃない。それが演技《えんぎ》を始めたとたん、特別《とくべつ》な人になる。鳥肌《とりはだ》が立ったわ。みんなに見せにいきましょ」

「行かない」

グラディスはいつもの自分にもどり、体の大きさはさっきの半分にちぢんだように見えました。

ふいにミラベルは思い出して、グラディスにお母さんの具合をたずねました。

「ミラベル、ありがとう。変《か》わらないわ。お母さんは具合が悪くて手紙を書くこともできないの」

「あなたからは手紙を出しているの？」

「もちろん。お母さんがいなくてどんなにさびしいか、どんなに会いたいか、いつも伝《つた》えてる」

「ちょっと、グラディス……バカじゃないの！」

グラディスがむっとしてたずねました。

「どういう意味？　お母さんが知りたがってることでしょ」

「お母さんは、あなたがここになじんで楽しくすごすようにがんばってるって知ったほうが、ずっとうれしいと思うわ。あなたがさびしがって悲しんでると思ったら、心がしずんだはずよ」

グラディスの目に涙《なみだ》がたまってきます。

「そんなことない。わたしが楽しそうだと、お母さんは自分がわすれられてしまうと思うわよ」

「グラディス、やっぱりあなた、バカみたい」

そういいながら、ミラベルは自分がヒラリーかアンナだったらよかったのに、と思いました。もしそうなら、グラディスのような子へのいちばんいい向きあい方もわかっていたでしょう。

ミラベルは話をつづけました。

「このままじゃ、お母さんに勇気《ゆうき》のない子だと思われるわよ。めそめそ泣《な》いてばかりいて」

「あなたなんて、大きらい！　お母さんがわたしのことをそんなふうに思うはずないでしょ！　出ていって。それと、ここで見たことはだれにもいわないで。秘密《ひみつ》なんだから」

ミラベルはそこを出ました。そして、なやんだあげく、ヒラリーにたよることにしました。

ヒラリーは音楽練習室にいました。ボビーとジャネットとふたごもいっしょです。

よかった！　何があったのか、ここで話すことにしよう！

11 がっかりした二年生

ミラベルは音楽練習室のドアを開け、コンサートの練習中のヒラリーたちに声をかけました。

「ちょっといい？　グラディスのことで相談があるの」

ミラベルはみんなに、屋根裏《やねうら》でグラディスがひとりでお芝居《しばい》をしているのを見たことを話しました。自分がグラディスにいったこと、けれども怒《おこ》らせて終わったことも伝《つた》えました。

ヒラリーは熱心《ねっしん》に耳をかたむけたあと、口を開きました。

「ミラベル、グラディスにとてもいいアドバイスをしたと思うわ。グラディスはお母さんにぐちぐちいうのはやめるべきよ。それとあなた、グラディスに、ここで楽しくすごせるようにがんばっていることをお母さんに話したほうがいいともいったのね。正しいことをしたわよ」

「えっ、そう思ってもらえてうれしい。あなたならいいアドバイスができるのにって思ってたから。ところで、グラディスには、お芝居《しばい》のことをみんなには話さないでっていわれたんだけど」

「まあ、話したのは、わたしたち五人にだけよ。おかげでグラディスのことがわかったわ。でもミラベル、グラディスはあなたに秘密《ひみつ》をうちあけたの。だからあなたが対処《たいしょ》したほうがいいわ」

ヒラリーの言葉に、みんなもうなずきます。

「そんな、だめ。わたしはあなたたちに、助けてあげてとたのみにきたの。こういうのは苦手で」

ところが、ヒラリーはゆずりません。

「だったら今こそ、とりくむときよ。ほら、ミラベル、がんばって。グラディスと友だちになって、元気づけてあげるの。それであなたが説得《せっとく》して、グラディスがみんなの前でお芝居《しばい》をしてくれたら、わたしたち、拍手《はくしゅ》するわ。それでグラディスにはコンサートに出てもらわなくちゃ！」

けれども、イザベルが反対しました。

「それはむりでしょ。コンサートはあさってで、プログラムをまた組みなおすなんて、できない」

ミラベルもいいました。

「どっちみち、グラディスはコンサートに出たがらないと思う。でも、わかったわ。やれるだけやってみる。この手のことは、ほんとに苦手なんだけど……」

つぎの日、ミラベルはグラディスのそばをはなれず、ふたりきりになったときにいいました。

「グラディス、あなたを怒《おこ》らせるつもりはなかったの。ただ口下手《くちべた》なだけ。あなたに心から同情《どうじょう》してるの。あなたの助けになるとは思えないけど……助けたいと思ってる」

ミラベルのひっしの表情《ひょうじょう》を見て、グラディスはいいました。

「昨日《きのう》は腹《はら》が立った。でもある意味、あなたは正しいと思ったの。自分がどんなにさびしくて悲しいかばかりを、お母さんへの手紙に書くべきじゃないわよね。心配させたと思う」

ミラベルはうれしくなりました。自分の言葉はグラディスにいくらか効果《こうか》があったのです。

「そうよ。ねえ、こうしたら、お母さんは喜《よろこ》ぶんじゃない？　あなたがコンサートに出て、お芝《しば》居《い》をして、みんなから拍手《はくしゅ》をもらうの！　わたしもみんなにあなたの演技《えんぎ》を見せてあげたいし」

グラディスはまよいました。

ミラベルのいうとおり、娘《むすめ》が何かをやりとげたと聞いたら、お母さんは喜《よろこ》ぶでしょう。けれども、みんなの前でお芝居《しばい》をやるなんて、内気な自分には、とてもむりです。

ミラベルはグラディスがちゅうちょしているのを見て、もうひとおししました。

「もしもあなたがお芝居《しばい》をひろうして、コンサートに出ることになったら、わたしがあなたのお母さんに手紙を書くわ。あなたがどんなにすばらしかったか伝《つた》えるの。お母さん、喜《よろこ》ぶわよ！」

手紙を書いてくれるという申し出は、何よりもグラディスの心をゆさぶりました。

グラディスは涙《なみだ》をこらえ、声をつまらせながら、いいました。

「あなたっていい人。本当に。最初《さいしょ》は自分勝手で冷《つめ》たい人だと思ったけれど……ちがった。ミラベル、友だちになってくれる？　なってくれるなら、いわれたことをなんでもするわ」

「わたしは学期半《なか》ばでここを去るけれど、ここにいるあいだは、友だちでいましょ。でも、あなたも頭を切りかえて、わたしのいうとおりにしてね。まずは、みんなにお芝居《しばい》を見せること！」

こうして話はまとまりました。ミラベルから知らされたヒラリーたちは、楽しみでなりません。

夕方、グラディスがどんなお芝居《しばい》を見せてくれるか興味津々《きょうみしんしん》で、みんなが集まりました。

最初《さいしょ》、グラディスはひどく不安《ふあん》そうでした。声もふるえています。

けれどもすぐに、全身全霊《ぜんしんぜんれい》で役を演《えん》じていました。しょんぼりガールはもういません。

さまざまなシェイクスピアの作品から、つぎつぎと役を演《えん》じていきます。

マクベス夫人《ふじん》、ミランダ、マルヴォーリオ、ハムレット。どの役のセリフも覚えています。

シェイクスピアの作品が大好《だいす》きなお母さんと、毎晩《まいばん》のようにいっしょに作品を読みあったのです。それに、死んだお父さんはすぐれた俳優《はいゆう》で、グラディスはその才能《さいのう》を引きついだのでした。

ついにグラディスのお芝居《しばい》が終わりました。

みんなが「わあ！」と声をあげ、大きな拍手《はくしゅ》をおくります。

「こんなにすごいのに、だまってたなんて！　プログラムに入ってもらわないと！」とパット。

あわてて、グラディスが声をあげました。

「お願《ねが》い、それはやめて。おおぜいの前でやるなんて、とてもむり。もっとリハーサルをやる時間があれば、できたかもしれないけれど、コンサートは明日よ。お願《ねが》い、やめて」

「うーん、そこまでいうなら、やめといたほうがよさそうね。ところで、ひょっとして、あなた、ほかにもかくしてることがあるんじゃない？　絵や暗算の天才とか」とジャネット。

グラディスは思わず声をたてて笑《わら》いました。セントクレアズに来て初《はじ》めてのことです。

「得意《とくい》なことは、あとひとつだけあるわ。ラクロスよ」

グラディスの答えにボビーがびっくりしていいました。

「あまり上手には見えなかったけど」

「やる気がなかったから。速く走るとか、ゴールを決めるとか、どうでもよかった。でもわたし、やろうと思えば、うまいのよ。前にいた*通学制《つうがくせい》の学校では、一軍《いちぐん》の選手《せんしゅ》だったわ」

「すごいじゃない。だったら、ゴールをたくさん決めてもらわないと。そうしたら、ラクロスでの活躍《かつやく》もお母さんへの手紙に書けるわね」とミラベル。

通学制《つうがくせい》の学校…セントクレアズのような寄宿《きしゅく》学校に対して、生徒《せいと》が通学する学校。

「グラディス、お母さんのこと、つらいわね。みんな、心配しているのよ」とヒラリー。

その晩《ばん》、グラディスは心から幸せな気分でベッドに入り、ぐっすりねむりました。

けれども真夜中、パットとイザベル、ドリスとボビーとカーロッタは、ねむれませんでした。のどが痛《いた》くて、咳《せき》やくしゃみが出ます。

朝になって五人は寮母《りょうぼ》先生のもとへ行くと、先生にいいわたされました。

「ひどい風邪《かぜ》を引いたわねえ。みんな、療養棟《りょうようとう》に行きなさい」

夜にコンサートがあろうといやおうなしに、五人は療養棟《りょうようとう》のベッドの毛布《もうふ》にくるまれました。

コンサートに出たかったのに、とぶつぶついいながら、気をもむしかありません。

残《のこ》った二年生は、五人が出演《しゅつえん》できない件《けん》をすぐに話しあい、コンサートの延期《えんき》を決めました。

中間休みの前日は三年生がコンサートを開くため、二年生のコンサートは休みのつぎの週に決定です。

「今から二週間あれば、グラディスの出演《しゅつえん》もまにあうわね。目玉が増《ふ》える！」とキャスリン。

「そうよね！　グラディス、それならリハーサルの時間がたっぷりあるわよ」とアンナ。

グラディスはわくわくせずにはいられません。

お芝居《しばい》をするのは大好《だいす》きですし、ほかの子たちとリハーサルをするのは楽しそうです。

今度こそ、みんなの仲間《なかま》にくわわって、ほかの子たちのように拍手《はくしゅ》をあびるのです。

お母さんへの手紙に書くことがたくさんできそうです。

すべてはミラベルのおかげね、と思いながら、グラディスはミラベルの腕《うで》に自分の腕《うで》をからめました。

「風邪《かぜ》を引いた五人はかわいそうね。でも二週間あれば、元気になるわ。それに、わたしもやっぱりコンサートに出たい。ミラベル、何曲演奏《えんそう》するの？」

ところが、ミラベルは笑顔《えがお》を見せません。おかしな淡々《たんたん》とした口調でいいました。

「わたし、コンサートには出ない。だって、中間休みになったら、家に帰るんだから。コンサートを開くときには、もういないわ。たしかに残念《ざんねん》に思ってる。だから、もうこの話はしないで！」

ミラベルはグラディスの腕《うで》をほどくと、その場を去りました。

⑫ グラディス、ミラベルと向きあう

二年生は五人がいなくなったことで、だいぶこぢんまりしたように見えました。

つぎの日にはヒラリーとアリスンも風邪《かぜ》でダウンしたため、教室は空《あ》き机《づくえ》が目立ちました。

コンサートは二週間後に延期《えんき》され、二年生はすっかり暗い気分になり、元気がありません。喜《よろこ》んだのはただひとり、エルシーでした。あいかわらず、コンサートには関《かか》わらないと決めこんで、ほかの子たちががっかりしているようすを見て、ひそかに笑《わら》っています。

アンナが予言したとおり、エルシーは自分が被害者《ひがいしゃ》だといわんばかりにふるまい、これみよがしに一日じゅうしょんぼりおとなしくしていました。

けれどもみんな、エルシーをかんぜんにむししていました。

おかげでエルシーはプライドが傷《きず》つき、怒《いか》りをつのらせました。

療養棟《りょうようとう》にいる七人は、熱《ねつ》がさがると元気をとりもどし、ベッドの上で体を起こしてすごすようになりました。ゲームやおしゃべりなら、ここでもできます。

「来週で学期も半分が終わりね。中間休みに入るでしょ。うちはママが来て、お出かけするの」

イザベルがいうと、ドリスがうなずきます。

「うちも。ねえカーロッタ、あなたのところはお父さんが来て出かけるの？」

カーロッタが暗い声で説明《せつめい》しました。

「うん。あと、おばあさんも。今はもう、父さんとはうまくいってるんだけど、おばあさんから見ると、わたしはマナーがなってないみたい。今学期はお行儀《ぎょうぎ》よくしてがんばったのになあ」

ふいにボビーがいいました。

「中間休みになったら、ミラベルはこの学校を去るんじゃなかった？　ということは、コンサートには出られない。カーロッタの誕生日《たんじょうび》パーティーにも出られないじゃない」

「あの子もおバカさんねえ。すなおに考えられないところが問題ね」とドリス。

けれども、パットは首を横にふりました。

「そんなに悪い子じゃないんじゃない？　今ではわたし、すごく好《す》きだな。それに昨日《きのう》、キャスリンがお見舞《みま》いに来てくれたときに聞いたの。ミラベルはちゃんとグラディスの面倒《めんどう》を見て、そばにいるって。グラディスはミラベルにくっついて、いわれたことはなんでもするみたい」

イザベルがうなずきます。

「うん、あのふたりが仲《なか》よしになるとは、だれも想像《そうぞう》しなかったことよね」

ほどなく、七人はだいぶ回復《かいふく》しました。あと二週間あれば十分にコンサートに出られそうです。

いっぽう、ミラベルはというと、表情《ひょうじょう》がすっかり暗くなっていました。

コンサートが延期《えんき》になったのは、なんともくやしい、がっかりなことです。

ゆいいつの明るい面は、グラディスと友だちになったこと。

グラディスは思いがけず、ジョークをいったり散歩《さんぽ》で楽しいおしゃべりをしたりする子でした。

そして、ミラベルのことを心から好《す》きでいてくれるようなのです。

その週、グラディスがいいました。

「ミラベル、本当にあと数日で家に帰ってしまうの？　お願《ねが》い、行かないで」

ミラベルは、いらっとして答えました。

「中間休みになったら帰るって決めてるの！　決心は変《か》えない。いったん口にしたことは変更《へんこう》しないの」

グラディスが、ため息まじりにいいました。

「そうね。あなたは変更《へんこう》しない。決意を曲げるのは、わたしみたいな人だけ」

その日、グラディスは療養棟《りょうようとう》にお見舞《みま》いに行ったとき、ヒラリーにも同じことをいいました。

「ミラベルに学校を去らないでほしいって心から思ってるの。ミラベルのやさしさや、わたしのお芝居《しばい》にあなたたちがしてくれた拍手《はくしゅ》のおかげで、わたしは別人《べつじん》になったみたいに感じてるのよ」

「ミラベルはどうして学校を去らないといけないの？　ここにすっかり落ち着いたじゃない。今ではわたしたちの仲間《なかま》で、うまくいっているのに、学期半《なか》ばで帰るのは、どうしてかしら？」

ヒラリーの言葉にグラディスは、熱《ねつ》をこめていいました。

「学期半《なか》ばで帰る、と宣言《せんげん》したでしょ。決めたから変《か》えないの。とても心が強いってことよね」

「でも、心が強いなら、ときには決意を曲げるものよ。くだらないとわかっていることにしがみつくなんて、心が弱いと思う。わたしたち、ミラベルにコンサートに出てほしいし、その気持ちを本人もわかっている。なのに帰るなら、心が弱いだけ。強くなんてない！」

ヒラリーの意見に、グラディスはおどろきました。今では物事がまったくちがって見えます。意志《いし》のかたい人が心の強い人というわけではありません。それに、意志《いし》のかたい人は、プライドが高すぎて決意を曲げられないために、まちがったことをするかもしれないのです。

「グラディス、がんばって。そのことをあなたがいうの。友だちでしょう？」

ヒラリーの言葉に、グラディスは勇気《ゆうき》をふりしぼって、考えました。

ミラベルと向きあえないなら、わたしはミラベルを失《うしな》ってしまう。

もしもわたしがミラベルに向きあったせいで、怒《おこ》らせて、ミラベルを失《うしな》うのだとしても、向きあわないで失《うしな》うよりはましよね。だったら、やってみよう……。

内気な人が気の強い人にまちがいを指摘《してき》するのは、簡単《かんたん》なことではありません。

それでも、グラディスはミラベルにいいにいきました。

「家に帰るという決意をあなたが曲げないことを考えてみたの。あなたはまちがっているわ」

「あなたには関係《かんけい》ない」

ミラベルはいつもより乱暴《らんぼう》にいいはなちました。

「そんなことない。わたしの問題でもあるわ。友だちだもの。行ってほしくない」

グラディスは、声がふるえませんようにと思いながら、そういいました。

「わたしの決心は変《か》わらないっていったわよね。決めたことは変《か》えないの。うるさくいわないで」

「心が強ければ、決意を曲げられるわ。今あなたはここで楽しくすごせている。なのにプライドがじゃまして、それをみとめられないんだわ。決意にこだわるのを心が強いと思っているのよ！」

グラディスはさらにいいました。

「プライドのせいでせっかくの自分の幸せをだいなしにしないで」

ミラベルは赤い顔をして、その場を去りました。

かっかしながら外に出て、学校の敷地《しきち》をぐるぐる歩きまわりながら、気持ちをしずめます。

グラディスのいったなかには、大事なことがたくさんありました。

「それにしても、内気な子がはむかうなんて、そうとうがんばったんでしょうね。それくらい、わたしのことが好《す》きなんだわ。決意をなんとか曲げさせて、わたしと友だちでいたいのね」

ミラベルは塀《へい》の上にすわって、谷を見おろしました。とても気持ちのいい場所です。

「冷静《れいせい》に考えてみよう……。わたしが腹《はら》を立てていたのは、家族にここへ送られたからで、それは自分のせいだった。なのに意地をはって『すぐに家に帰ってやる』と心に決めた。でも、今はここを気に入っている。自分がましになったと思うし、帰って家族に会うのが楽しみになっている。ここでは大事なことを学べると思う。じゃあ……どうして出ようとしてるんだろう？」

ミラベルは谷を見つめました。答えを出したくありませんが、出さなければなりません。

「プライドがじゃまをして、ここにいたいってお父さんにいえないんだわ。ここに送られたことに腹《はら》が立っていたから、一刻《いっこく》も早く帰って、いやな態度《たいど》をとることで、家族にしかえししたかったのよ。それに、自分は心が強いと思ってた。これじゃあ、意地悪なエルシーと同じね！」

ミラベルは校舎《こうしゃ》にもどって、まっすぐ院長先生のもとへ向かいました。

ドアをノックすると、「お入りなさい！」と院長先生の声が返ってきました。

なかでは院長先生は、ジェンクス先生とマドモアゼルと話しているところでした。

三人も先生がいるのを見て、ミラベルは少したじろぎました。それでもちゃんというべきです。

「院長先生、お願《ねが》いです、中間休みのあとも、ここにいさせてもらえませんか？　ここにいたいです。バカなふるまいばかりして、すみませんでした」

院長先生はミラベルをじっと見て、それから温かく親しみのこもった笑顔《えがお》を向けました。

「そうですね。あなたが残《のこ》ってくれると、とてもうれしいです。先生方もですよね？」

「もちろんです」

ジェンクス先生がミラベルにやさしくうなずきます。

「ええ、ええ、それがいいですとも《セ・ビャン・サ》！　わたしもうれしいです」とマドモアゼル。

院長先生がいいました。

「ご両親にはわたしから電話をしましょう。ミラベル、うれしいですよ。あなたが『光るもの』をもっていて。いいえ、音楽の才能《さいのう》のことではありません。それよりいいものです！」

なんともうれしいほめ言葉です。

ミラベルは心が温かくなり、幸せな気持ちが広がるのを感じながら、部屋を出ました。

すぐに多目的室《たもくてきしつ》にいるグラディスを見つけて、いきなりハグをしました。

「わたし、このまま残《のこ》ることにしたわ！　院長先生にいってきたの。すべてあなたのおかげ！」

グラディスが涙《なみだ》で目をうるませながら、ハグを返します。

なんてすばらしいの。勇気《ゆうき》をふりしぼって相手に向きあったら、のぞみがかなったのよ。

「コンサートにも、カーロッタの誕生日《たんじょうび》パーティーにも出られるわね。あなたがほこらしいわ」

すると、ミラベルがぎこちなくいいました。

「あなたのことのほうが、もっとほこらしい。あんな耳の痛《いた》い話をしてくれて、いい友だちよ」

「お母さんに手紙で話さなきゃ。それとね、このことは、みんなも喜《よろこ》ぶんじゃないかしら」

たしかに、みんな喜《よろこ》びました。今ではミラベルを好《す》きになりはじめていたからです。それに、まちがいをみとめて決意を曲げたことは、りっぱだと思いました。

この状況《じょうきょう》を喜《よろこ》んでいない子がひとりだけいました。エルシーです。

こっちはすっかりみんなからむしされているのに、人気者になっちゃって。

しかえししてやる！

13 中間休み

中間休みがやってきました。

たいていの親は、ある種《しゅ》のごほうびとして子どもとお出かけをしますし、家が近い場合は一日二日、いっしょに帰ります。

アリスンは両親が遠くにいるために、ふたごとふたごのママといっしょに外出しました。

ふたごはママにコンサート、ラクロス、それからもうすぐやってくるカーロッタの誕生日《たんじょうび》パーティーの話を一気にまくしたてました。

アリスンは、大好《だいす》きなクエンティン先生の話です。

すると、パットが文句《もんく》をいいました。

「ママ、アリスンったら、前の学期ではアメリカ人のセイディの話ばかりで――そういえばアリスン、セイディったら、あなたに手紙をひとつも書いてよこさないじゃない――今学期はクエンティン先生の話ばっかり！　アリスンがだれかに熱《ねつ》をあげるのをやめさせる薬ってないのかなあ」

アリスンは親友であるはずのセイディが手紙をくれないことに、とても傷《きず》ついていました。ですから、そんなことを思い出させるパットを、意地悪ね、と思います。

イザベルがにっと笑《わら》っていいます。

「先生ってきれい。先生ってすてき。アリスンの意見はわかったけど、先生はあなたをそこまで思ってないと思う。熱《ねつ》をあげてる相手が自分にうんざりしてるかもしれないとは想像《そうぞう》しないのね」

大好《だいす》きな先生にうんざりされているという考えに、アリスンはむっとしてふたごをにらみます。

ふたごのママがその表情《ひょうじょう》に気づきました。

「まあまあ。せっかくのお休みに、けんかはやめましょう。アリスンがクエンティン先生の授業《じゅぎょう》では勉強をがんばっているのはわかったわ。ほかの先生の授業《じゅぎょう》では、ちがったとしてもね」

ミラベルのお父さんとお母さんも、中間休みに昼食とお芝居《しばい》とお茶につれていこうと、ミラベルに会いにきました。

ミラベルは両親に会えると思うとうれしくて、学校の玄関《げんかん》でふたりを今か今かと待ちました。

そしてお母さんとお父さんが学校に着いたときには、ふたりに飛《と》びついて、ハグをして、声をつまらせながら「お母さん！　お父さん！　また会えてうれしい！」といったのです。

これがミラベルだなんて、見ちがえた！

お父さんとお母さんは娘《むすめ》をだきしめて、校舎《こうしゃ》を興味津々《きょうみしんしん》に見つめました。

「すてきなところねえ。見学する時間はある？」とお母さん。

「とにかく全部見なくちゃだめよ！」

ミラベルはそういうと、両親を引っぱって学校じゅうを上から下まで案内《あんない》しました。

両親がうれしそうに顔を見あわせます。ミラベルがセントクレアズをすでにとてもほこりに思い、すばらしい学校だと感じていることは、明らかです。

最後《さいご》に玄関《げんかん》にもどってくると、ミラベルがいいました。

「お父さん、セントクレアズを選《えら》んでくれて、ありがとう。最高《さいこう》の学校よ。本当に」

それから両親を見て、少しもじもじしながらも、さらにいいました。

「わたし、家ではひどい態度《たいど》だったでしょ。本当にごめんなさい。みんなに悪かったと思ってる」

お父さんが口を開きました。

「うちのみんなは、すべてわすれているよ。思い出すつもりもない。みんなにとっていちばん大事なのは、ミラベルが幸せなことだ。院長先生からおまえがこのまま学校に残《のこ》りたがっていると聞いて、家族みんな、とてもほこらしく思った。ほかにも、院長先生はおまえをほめていたよ」

ミラベルはうれしくなりました。

「院長先生が？　最初《さいしょ》は院長先生のことがきらいだったけど、今はすばらしい先生だと思ってる。ああ、お母さん……ジョーンとハリーもつれてきてくれたらよかったのに。ふたりに会いたい」

「ふたりも会いたがっていたわよ。ただ、ここは遠いから。そろそろ出かけましょうか」

ところがミラベルがいいました。

「お母さん……お願《ねが》いがあるの。わたし、友だちができたの。その子は、お母さんが入院しているから、中間休みに外出させてくれる人がいないのよ。いっしょにつれていってくれない？」

「もちろん、いいわよ」とお母さん。

そんなわけでグラディスが玄関《げんかん》に来たのですが、顔を赤らめて何もいうことができません。

ミラベルのお父さんとお母さんは、内気な友だちを見るなり、ひどくおどろきました。以前《いぜん》ミラベルがつれてきた、うるさくて礼儀《れいぎ》知らずの子たちとは、まるでちがう……！

ミラベルの両親は、すぐにグラディスを気に入りました。

ミラベルのお母さんは、グラディスのお母さんとどこか似《に》ていました。ふんわりやさしくて、グラディスは、すぐにうちとけました。自分のお母さんのこともほどなく話すと、ミラベルのお母さんはうなずいてやさしい言葉をかけてくれました。グラディスはうれしくなりました。

そして昼食をとっているときのこと。

グラディスからお母さんの入院先を聞いたミラベルのお母さんが、こういいました。

「あら、わたしの妹の家のすぐ近くよ。わたしが病院へ行って、お母さまのようすをうかがうことができるんじゃないかしら。お見舞《みま》いがゆるされるなら、直接《ちょくせつ》お会いできるかもしれないわ」

グラディスは、うれしくてドキドキしながら、ミラベルのお母さんを見つめました。

「ああ、ありがとうございます。とにかくそうしてもらえたら……！　本当にうれしいです！」

中間休みはだれもが楽しみ、またたくまにすぎました。

学校に着いたふたごは、さっそくカーロッタに出あいました。

「ああ、カーロッタ！　お休みはどうだった？　おばあさんに冷《つめ》たくされちゃった？」

「ぜんぜん。おばあさんにおそろしいくらい礼儀《れいぎ》正しくしたから、父さんもうれしそうだった。おばあさんは、わたしが誕生日《たんじょうび》パーティーをやるなら町のお店でなんでも買っていいって！」

期待でいっぱいのカーロッタの目がかがやいています。カーロッタの話はつづきました。

「おばあさん、自分の食料棚《しょくりょうだな》にあった物も大きな箱でくれたの。もう寮《りょう》の戸棚《とだな》に入れておいた」

「ごうかねえ！　それなら、全校生徒《せいと》で食べられるくらいありそう！」とイザベル。

「ううん、さすがに二年生の分だけ。それにまだ決めてないでしょ、誕生日《たんじょうび》パーティーはふつうに午後のお茶の時間に開くか、それとも……また真夜中に開くか。真夜中のパーティーは毎学期、開くべきだと思うのよね。これがないと、どうも学校生活がかんぺきだとは思えない！」

今学期の後半は、わくわくするものになりそうです。

今週には待ちに待ったコンサートがありますし、ラクロスの試合《しあい》もいくつかあります。そして、カーロッタの誕生日《たんじょうび》パーティー！

ところで、ボビーには秘密《ひみつ》がありました。ジャネットにもです。

中間休みにジャネットのお兄さんが、いたずら好《ず》きのジャネットとボビーに、いたずらグッズをくれました。ふたりはマドモアゼルにしかけるつもりなのです。

グッズはきみょうな見かけでした。細長いゴムのチューブで、かたはしにはゴム球、反対はしにはゴム風船がついています。ゴム球をにぎるたびに空気がチューブに送られて、反対はしのゴム風船をふくらませます。

「でもこれって何に使うの？」

興味津々《きょうみしんしん》にパットがたずねると、ボビーがクスクス笑《わら》いながら説明《せつめい》しました。

「食事のとき、だれかのお皿の下に、これのゴム風船をしいて、チューブはテーブルの下へのばしておく。それでゴム球を何度もにぎると、そのたびに空気がチューブに送られてゴム風船がふくらんだりしぼんだりして、お皿がかたむくってわけ。想像《そうぞう》してみて。お皿がカタカタ、ダンスを始めたら、マドモアゼルはどんなにびっくりするか！　わたしたちは大爆笑《だいばくしょう》！」

「ああ、ボビー、早くやってくれない？　今学期はわたしたち、ひとつもいたずらをしてないのよね」

ドリスがたのむと、ジャネットがからかうようにいいました。

「でも、やっぱりわたしたち、もう二年生だし」

「ボビーが何もくわだてずに学期の半分がすぎたなんて、びっくりね」とイザベル。

ボビーが答えました。

「くわだてるだけなら、山ほどしてた。ただ、ジェンクス先生には、おふざけをしづらいでしょ。すぐに怒《おこ》るんだもん。二年生になって院長先生のところへ送られたくない。わたしは前の学期の〈あっけらかんボビー〉じゃないの。いたずらや冗談《じょうだん》以外《いがい》のことにも頭を使ってるんですからね」

パットがみんなによびかけました。

「コンサートのリハーサルをしない？　本番まであと何日もないでしょ。さあ、楽しもう！」

14 最高《さいこう》のコンサート

それからの数日は飛《と》ぶようにすぎ、コンサートの日がやってきました。

ただし、コンサートは夜に行われるため、昼間はちゃんと授業《じゅぎょう》があります。

ジェンクス先生は二年生のがんばりを知っているので、うかれた態度《たいど》を大目に見ました。

マドモアゼルだけは大目に見ない先生なので、みんなはしぶしぶ授業《じゅぎょう》に身を入れました。

マドモアゼルはドリスが自分のものまねをすることを知りません。

ほかの先生たちは、想像《そうぞう》がついていて、楽しみにしていました。マドモアゼルなら、ユーモアのセンスがありますから、冗談《じょうだん》のネタにされても笑《わら》いとばしてくれるでしょうと安心しています。

二年生がもりあがっているなか、エルシーだけは何にも参加《さんか》しようとしませんでした。

パットはいらいらしながらいいました。

「みんなであなたにやることをあれこれ見つけてたのんでるのに、ことごとくことわるんだから」

エルシーがむくれながらいいました。

「参加《さんか》するには条件《じょうけん》があるわ。わたしにまた、アンナといっしょに学年代表をさせて。あなたたちがわたしに罰《ばつ》を与《あた》えてから三週間になる。もう代表にもどしてくれてもいいんじゃない？」

「わかった……みんなにきいてみる」とパットは答えました。

そんなわけで、その晩《ばん》、リハーサルを始める前にアンナがみんなにたずねました。

「エルシーが、またわたしと代表をやれるならコンサートに参加《さんか》する、というの。どう思う？」

とたんにカーロッタが声をあげました。

「どうして条件《じょうけん》を出されないといけないの？」

「ほんとほんと！」とドリス。

つづいて、ジャネットがいいました。

「ここ三週間のエルシーはどうだった？ また先頭に立つために、信頼《しんらい》できるところを示《しめ》した？ 答えはノー。意地悪をするか被害者《ひがいしゃ》ぶるだけ。とうとう、むしされるのがいやになったんでしょ」

「エルシーのことなんて、わざわざ考えるまでもないと思う」とイザベル。

アンナがみんなにたずねました。

「多数決で決めましょう。エルシーにもう一度代表になるチャンスをあげたい人は手をあげて」

だれも手をあげません。

アンナはにこっとしました。

「では、この件《けん》はおしまいね」

エルシーはこの場にいませんでしたし、だれもわざわざ結果《けっか》を知らせにいきませんでした。

みんなはリハーサルをして、最後《さいご》にボビーがいいました。

「うん、何もかもかんぺきになった自信《じしん》がある。コンサートはおもしろくなりそう！」

そのとき、ドアが開いて、エルシーが入ってきました。

「みんな、わたしぬきでリハーサルをしたわけ？　コンサートではわたしに何をしてほしいの？」

アンナがいいにくそうにいいました。

「あなたは、また代表になれるならコンサートに出るといったのよね。残念《ざんねん》だけど、多数決でそれはよそうと決まったわ。となると、あなたはコンサートに関《かか》わらないとわたしたちは思ったの」

「代表としてはみとめないけれどコンサートには出て、といってもいいんじゃない？」

みんながエルシーを見つめます。口を開いたのはボビーでした。

「何いってるの。そっちがずっとことわりつづけたくせに、今になって取引をもちかけてきて。あなた、全校生徒《せいと》にコンサートからはずれてる姿《すがた》を見せるのが気まずくなってきたんでしょ。それで、少し歩みよって、代表になれなくてもコンサートに出るようなことをいっただけ。手伝《てつだ》いたいならどうぞ。ただし、温かい歓迎《かんげい》は期待しないでね」

ボビーの言い分は長く、エルシーは聞いているうちに、どんどん頭にきてしまいました。しかも、いっていることはすべて、当たっていたのです。

エルシーは今ではみんなの輪《わ》からはずれているのがこわくなっていました。

けれども、ボビーの、いかにも来てほしくなさそうな申し出を受けるだけの強さはありません。怒《いか》りにまかせてさけび声をあげると、部屋を出ていきました。

さて、いよいよコンサート本番です。

全校生徒《せいと》の半分と、先生の全員が来てくれました。

夜の八時きっかりに幕《まく》があがり、すべてが予定どおりに進んでいきます。

ミラベルの演奏《えんそう》は、二度のアンコールがかかりました。ピアノの演奏《えんそう》は本当にすばらしいものでしたし、ヴァイオリンの演奏《えんそう》にいたっては、だれもがおどろき、感心しきりです。

カーロッタのアクロバットは、会場じゅうで大歓迎《だいかんげい》されました。

サーカスのわざにはみんなが拍手《はくしゅ》しました。特《とく》に一年生はすっかりあこがれています。

グラディスにもアンコールがかかりました。

この内気そうな子が、演《えん》じる役そのものにつぎつぎと変《か》わり、会場全体に魔法《まほう》をかけたのです。だれよりもおどろいたのは、クエンティン先生でした。いないも同然《どうぜん》だった生徒《せいと》が、いくつものむずかしい役をこなし、喝采《かっさい》をあびているのですから。

院長先生がクエンティン先生のほうに顔をよせて、ささやきました。

「先生のご指導《しどう》のたまものです。すばらしいですね」

クエンティン先生はただうなずいて、自分が教えたふりをすると、ひそかにこう決めました。グラディスを育てなければ。授業《じゅぎょう》でやる演劇《えんげき》では、いちばん重要《じゅうよう》な役を与《あた》えましょう、と。そうすれば、グラディスはすばらしいお芝居《しばい》をして、それがすべて先生のお手柄《てがら》になるのです。

コンサートはつづきました。

ふたごは拍手《はくしゅ》をもらいました。ジャネットもです。

一年生はボビーの手品とバカバカしいおしゃべりが気に入って、アンコールをさけびました。

けれども、その晩《ばん》の一番の目玉は、ドリスでした。

まずはコックのクララのものまね。コックのかっこうをしたドリスがプディングを作るしぐさをしながら、おなじみの口ぐせをぶつぶついいつづけます。

みんながキャーキャー笑《わら》います。

そこでドリスがコックの服をさっとぬぐと、寮母《りょうぼ》先生に早変《はやが》わり！ドリスは寮母《りょうぼ》先生をまねて、つぎつぎと先生のもとに送られてくる生徒役《せいとやく》の子に、具合をたずねたり診断《しんだん》したりしていきました。

生徒《せいと》たちは笑《わら》いが止まりません。寮母《りょうぼ》先生も体をゆすって笑《わら》い、涙《なみだ》をふきながらいいました。

「ドリスは舞台《ぶたい》の仕事をすべきですよ。ああ、わたしって、本当にあんなにおかしいんですか？あの子が薬をもらいにくるときには、かくごしてもらいましょ。やりかえしてあげます！」

それから、ドリスはにっと笑《わら》いながら、舞台《ぶたい》のそでに引っこみました。

そしてふたたび舞台《ぶたい》に登場したドリスは大きなぺたんこぐつをはいています（マドモアゼルの部屋からこっそり借《か》りてきたものです）。そして鼻にはちょこんと鼻めがね。

大喜《おおよろこ》びでみんなが声をあげました。

「マドモアゼルね！　最高《さいこう》！」

ドリスは舞台《ぶたい》の前に出て観客席《かんきゃくせき》に近づくと、フランス語なまりの、マドモアゼルそっくりのしゃべり方で話しだしました。

みんなの行儀《ぎょうぎ》の悪さをしかったときには、観客《かんきゃく》は大爆笑《だいばくしょう》！

「これはなげかわしい《セ・アボミナブル》！」

さて、当のマドモアゼルはというと……いすの上でのけぞり、涙《なみだ》を流して笑《わら》いころげています。

だからマドモアゼルって大好《だいす》き、と生徒《せいと》たちは思いました。

コンサートはすばらしい内容《ないよう》でした。大成功《だいせいこう》です。

コンサートのあと、二年生はコーヒーとビスケットを楽しみました。寮母《りょうぼ》先生とマドモアゼルからの気前のいい差《さ》し入れです。

「マドモアゼルとわたしが、二年生のためにどうしてこんなことをしないといけないのかしらねえ。わたしたちが笑《わら》われることで大きな成功《せいこう》をおさめたというのに。まったくわかりませんよ!」

寮母《りょうぼ》先生はにこにこしながらそういって、みんなを見まわすと、さらにいいました。

「ところで、エルシーはどこ? コンサートに出ていなかったし、今も見あたりませんね」

コンサートの成功《せいこう》に気をよくした二年生は、エルシーをよぼうとしましたが、見つかりません。

じつは、エルシーはひとりでベッドにもぐりこんでいました。

会場からひびいてくる笑《わら》い声を聞きながら、エルシーはつらさにたえていました。

15 バカなエルシー

つぎの大きなイベントはカーロッタの誕生日《たんじょうび》パーティーでした。

おばあさんからもらった箱を開けると、期待をずっと上まわる、いい物が入っていました。

「サーディンの缶《かん》！　パイナップルの大きな缶《かん》もひとつ。なんて大きな缶《かん》！」とボビー。

「クリーム入りのチョコレートバーがいっぱい！　全校生徒《せいと》で分けられそう」とジャネット。

「小エビの缶詰《かんづめ》!!　パイナップルと食べたら、天にものぼるおいしさよね」とヒラリー。

「ジンジャーブレッドケーキもある！　カーロッタ、あなたのおばあさんは最高《さいこう》ね！」とアリスン。

カーロッタはにっと笑《わら》いました。

「最高《さいこう》になりはじめたってところかな。わたしを気に入らなかったころとは大ちがい」

すると、ジャネットがいいました。

「今度の冬休みにおばあさんを感心させるために、みんなでカーロッタにものすごく礼儀《れいぎ》正しいふるまいを教えよう。そうしたら、お店の半分くらいの量《りょう》の品物をもらってきそう！」

「あれ、これって何？」

ボビーがとりだしたのは、大きな薬びんらしきものです。ラベルを読んで、笑《わら》いだしました。

「聞いて。『誕生日《たんじょうび》パーティーのあとに、ひとりスプーン一杯《ぱい》ずつ飲むこと』だって！」

カーロッタはおばあさんのおかげで、町の店に行って誕生日《たんじょうび》パーティー用に好《す》きな物をなんでも注文できることになっていました。

「あと、十五本のろうそくを立てる、とびきり大きな誕生日《たんじょうび》ケーキがほしいな。夜ならわたしたちを照《て》らしてくれて、いっそうきれいでしょ」

ミラベルがわくわくしながらたずねました。

「本当に夜に開くの？　寄宿《きしゅく》学校の物語に出てくる真夜中のパーティーがほんとにあるなんて」

「もちろん、ほんと！　パーティー、楽しみにしてて」とボビー。

カーロッタがさらにいいました。

「＊ジンジャービアを山ほど注文しないと。あと、レモネード。バターとジャムをぬるパンも。燻《くん》製《せい》ニシンを焼《や》けないのは残念《ざんねん》。燻製《くんせい》ニシンって大好《だいす》き」

ジンジャーブレッドケーキ…ショウガ、スパイス、糖蜜《とうみつ》などの入ったケーキ。

ジンジャービア…アルコールの入っていないジンジャー風味の炭酸飲料《たんさんいんりょう》。

みんなが笑《わら》いました。

カーロッタが、燻製《くんせい》ニシンとパイナップルが大好《だいす》きなのは、どちらもサーカスでくらしていたころにたくさん食べたからです。みんなにしょっちゅう、こんなふうに話してきかせます。

「夜のショーのあと、暗い外のコンロで燻製《くんせい》ニシンが焼《や》けるにおいって、たまらないの！」

アンナがいいました。

「カーロッタ、燻製《くんせい》ニシンはだめよ。においで学校じゅうが起きてしまうわ」

カーロッタの誕生日《たんじょうび》パーティーに関《かか》わるおしゃべりを、エルシーはすっかり聞いていました。

さそってもらえるのかどうか心配です。

みんなはエルシーが多目的室《たもくてきしつ》にいないときに、そのことを話しあいました。

「意地悪エルシーをさそう？　さそわない？」とパット。

「さそわない」とほとんどの子がいいました。

「そんな、さそいましょ。みんなと同じように、エルシーだっておいしい物は好《す》きでしょ」

そういったのは、のんきなアンナです。

「はっきりいっちゃうけど、エルシーの意地悪な顔をみんなで見ているのはいや」とイザベル。

ちょうどそのとき、エルシーがやってきて、ドアの前で聞き耳をたてました。

そうとも知らず、カーロッタがみんなにいいました。

「わたしの誕生日《たんじょうび》だから、エルシーをさそうかどうかも、わたしが決める」

するとすぐに五、六人の子が口々《くちぐち》にいいました。

「うん、たしかに。カーロッタ、あなたが決めて！」

「じゃ、決めるね。わたしはさそうことにする。ただ、被害者面《ひがいしゃづら》するのをやめるようにともいう。それで、感謝《かんしゃ》して、きちんとふるまうようになるかどうか、見てみる」

「そうね。エルシーも、コンサートでみんなの輪《わ》からはずれて、こりたんじゃないかしら。みんなと仲直《なかなお》りできるチャンスに飛《と》びつくわよ」とアンナ。

「かわいそうな意地悪エルシー」

ドリスはそういうと、エルシーのまねを始めました。みんなは大笑《おおわら》い。

エルシーはみじめな気分と怒《いか》りにふるえながらその場に立ちつくし、みんなが自分の名前をけいべつをこめていいあい、ひどい言い方で笑《わら》っているのを聞いていました。

やがて、みんながドアに近づいてくる音がして、エルシーは急いでその場をはなれました。

みんなをどうにかしてこらしめられたらいいのに！

その晩《ばん》、多目的室《たもくてきしつ》でエルシーが縫《ぬ》い物をしていると、カーロッタがやってきました。

「エルシー、もうすぐわたしの誕生日《たんじょうび》なの。パーティーに来てほしいと思って。ただ来るには条件《じょうけん》がある。これからはきちんとふるまうこと。常識《じょうしき》をもってみんなにとけこむことはできない？」

カーロッタの申し出に、エルシーはふるえる声で皮肉をこめて答えました。

「あなたってとーっても親切ね。偉大《いだい》なカーロッタは、ものすごーく慈悲深《じひぶか》くて上から目線ってわけ！　もちろんわかっていますとも。わたしはお礼をいって頭をさげないといけないのよね！」

「何おかしなことといってるの」

そういいつつ、カーロッタはたじろいでいました。

「おかしなことじゃない！」

おどろくカーロッタに、かみつかんばかりの言い方です。エルシーはさらにいいました。

「いい子になればパーティーに来ていいって？　代表になるべきわたしに向かって、よくもいえたわね！　パーティーなんてこっちから願《ねが》いさげ！　それと夜に開くなら、アンナは用心しないとね。もう二年生なのよ。見つかったら、アンナだって代表じゃなくなるんだから」

エルシーの声の調子にむっとしながら、カーロッタがいいました。

「あなたってどうしようもない。来たくないなら来ないで。わたしとしてはうれしいから」

「わたしたちみんなもね！　あなたが来ないほうが、パーティーが楽しくなる」

パットやイザベルやほかの何人かが、口々《くちぐち》にいいました。

エルシーのとげとげしい言葉をむかむかしながら聞いていたのです。

エルシーは口をむすっととがらせて、縫《ぬ》い物をつづけました。

本当はパーティーに出たくてたまりません。みんなと同じように、おいしい物は大好《だいす》きです。

けれども、意地悪な心と強情《ごうじょう》さのせいで、自分からおれることができなかったのです。

エルシーは考えました。

パーティーを開くのをじゃまできるなら、やってやろう。

いつどこでパーティーを開くのかをさぐりだせたら、わたしがジェンクス先生にそれとなくヒントを出せばいいわ。ジェンクス先生はその手のことを大目に見ないのよね。

けれども、みんなはエルシーに、パーティーをいつ開くのか、知らせるつもりなどありません！　エルシーがどうにかしてパーティーをぶちこわそうとするだろうとわかっていましたから。

パーティーはカーロッタの誕生日《たんじょうび》の夜に多目的室《たもくてきしつ》で開こう、と決めていました。

多目的室《たもくてきしつ》は先生たちの部屋からはなれていますし、寮《りょう》の部屋にはとても近いのです。

さて、カーロッタは町の店まで行って、ほしい物を注文しました。

ケーキは、十五本の色とりどりのろうそくつきのりっぱなものになる予定です。全体にピンクのアイシングがかかっていて、上を砂糖菓子《さとうがし》のバラがぐるりとふちどっています。銀色の砂糖《さとう》のつぶとスミレの砂糖漬《さとうづ》けもデコレーションにいろどりをそえています。ろうそくはバラのあいだに立てます。

みんなは想像《そうぞう》しただけで、わくわくしました。

カーロッタが元気よくいいました。

「ジンジャービアがとどいたの！　配達《はいたつ》の男の子には、自転車置《お》き場の裏《うら》においておくようにたのんどいた。あとで、ころあいを見はからって、ひとり一、二本ずつなかにはこんでね」

「おもしろそうねえ。わたし、学校にいつづけることにしてよかった。カーロッタの誕生日《たんじょうび》パーティーをのがしたかもしれないなんて、バカよね」とミラベル。

「ほんとにね」とグラディス。

内気なグラディスはもう、しょんぼりガールではありません。みんなと笑顔《えがお》を交わし、笑《わら》い声をあげ、ミラベルのあとに影《かげ》のようにくっついています。

ミラベルのほうもグラディスが大好《だいす》きです。大きなミラベルと小さなグラディスは、すっかりかたいきずなで結《むす》ばれています。

パットがいいました。

「わたしたち、お料理《りょうり》は何もしないほうがいいと思う。思い出したんだけど、前に真夜中にソーセージを焼《や》いたら、においがすごかったの。だから、冷《つめ》たい物だけでがまんね。食堂《しょくどう》の食器戸棚《しょっきとだな》からお皿を何枚《なんまい》か借《か》りましょ。上の棚《たな》の古いお皿なら気づかれずにすみそう」

あれこれ計画するのは、なんて楽しいのでしょう。

「カーロッタ、あなたの誕生日《たんじょうび》が待ちきれない！　パーティーにごちそう！　楽しみ！」

16 カーロッタの誕生日《たんじょうび》パーティー

カーロッタの誕生日《たんじょうび》の前日、みんなは多目的室《たもくてきしつ》に集まりました。

アリスンがさっと部屋を見わたします。エルシーはいません。

「パーティーは明日の何時にする？　夜中の十二時にスタートは？　ね、そうしましょ！　わくわくするもの。クエンティン先生はその時間を『魔法《まほう》の時間』ってよんでいて、とにかく――」

イザベルがアリスンのカールした髪《かみ》をくいっと引っぱってさえぎりました。

「大好《だいす》きなクエンティン先生をよびたいんでしょ。先生がカーラーだらけの頭に、クリームでてかてかの顔をして、パイナップルやサーディンを食べている……。そういうの、わたしはむり」

アリスンが怒《おこ》っていいました。

「クエンティン先生はカーラーなんてつけないの。髪《かみ》はもともと美しいウエーブヘアなんだから。先生のこと、意地悪な目で見ないで。わたしはパーティーに来てほしい」

パットも会話に加《くわ》わりました。少々《しょうしょう》きどった演劇《えんげき》の先生のことをそれほど好《す》きではありません。

「どっちみち、パーティーによぶのはむりでしょ。だいたい、あなたが考えてるほど先生はすばらしくないから。コンサートのグラディスの演技《えんぎ》を自分の手柄《てがら》にするなんて、ずるいと思う」

とたんにアリスンがかっとなってどなりました。

「それってどういう意味？」

「ほら、こないだの晩《ばん》、グラディスは最高《さいこう》の演技《えんぎ》を見せたでしょ。最後《さいご》に院長先生がグラディスの演技《えんぎ》について、クエンティン先生をほめたの。先生のご指導《しどう》のたまものですって」

パットは皮肉をこめて言葉をつづけました。

「それに対してあなたのすばらしーいクエンティン先生は、ただうなずいただけ。グラディスの才能《さいのう》を初《はじ》めて知ったとはいわずにね！ ずるいってわたしたちは思ってる」

「そんなのしんじない！」

アリスンは、あこがれの先生を守ろうとすぐにいいかえしました。

「でも、パメラがそばにすわっていて、全部聞いたって。だから今すぐやめなさい。クエンティン先生が世界一すばらしい先生だって思うのは」

アリスンは話題をそらすことにしました。前から、いやなことには耳をふさぐ性質《たち》なのです。

「話をもどしましょ。パーティーは明日の晩《ばん》の何時にする？」

カーロッタが答えました。

「そんなに真夜中きっかりに始めたいなら、それで決まり。わたしの目覚《めざ》まし時計を、寮《りょう》の別《べつ》の部屋の子のまくらの下に入れておいてもらおう。わたしはエルシーのそばだから、やめておく」

「わかった。それじゃあ、明日の晩《ばん》、真夜中きっかりに」

ドリスがはっきりといいました。

そのとき、ドアが開きました。

入ってきたのは、図書室で本を借《か》りてきたヒラリーです。みんなの顔を見まわします。

「今、例《れい》のことを話していたんじゃないでしょうね。エルシーがドアの外で立ち聞きしてたわ！」

みんながうろたえてヒラリーを見つめます。

「まずい！　明日の真夜中に開くって何度もいっちゃった！」とカーロッタ。

「ということは、エルシーが明日の晩《ばん》、パーティーをぶちこわそうとひっしになることはたしかね。なんらかの形で告《つ》げ口《ぐち》をすると思う。ぜったいそう」とパット。

カーロッタがいいました。

「さあ、みんな聞いて。パーティーは明日の晩《ばん》はやめます。でも……今晩《こんばん》、開きまーす！」

「やった、やったあ！」

みんな大喜《おおよろこ》びです。

「わたしたちが寮《りょう》の部屋をぬけだすのを、エルシーに気づかれないようにしないとね」とボビー。

カーロッタがうなずきます。

「エルシーはねむりが深いタイプだから、うまくやれると思う。みんな、ひと言ももらさないでね！　パーティーは今夜。そして明日、エルシーはものすごいショックを受ける。パーティーが終わってて、ぶちこわすことができなかったとわかったら！」

エルシーはパーティーの時間が変《か》わったとは思いもせず、一日じゅう秘密《ひみつ》を大事にかかえていました。自分のしわざとは気づかれずにパーティーをぶちこわす方法《ほうほう》をずっと考えています。

ジェンクス先生にいいつけるのがいいかしら。でも、先生って、告《つ》げ口《ぐち》がきらいなのよね……。

エルシーは考えに考えました。授業《じゅぎょう》で上《うわ》の空《そら》になり、マドモアゼルにしかられたほどです。

そしてその晩《ばん》の予習時間、ふいに、パーティーをじゃまする方法《ほうほう》が頭にうかんだのです。

明日の晩《ばん》、みんなが寮《りょう》の部屋を出ていくのを待とう。それで、いなくなったら、ジェンクス先生のところへ行って、「みんなが消えちゃいました。心配でたまりません」っていえばいいわ。先生は部屋へ確《たし》かめにいくわね。それでみんなをさがしにいく。そうしたら、多目的室《たもくてきしつ》でパーティーをしているのを見つけるの。

そのとき、わたしは「みんなが誘拐《ゆうかい》されたかもしれない」っていうのも、よさそう。おびえているふりをしたら、先生もまさかわたしが秘密《ひみつ》をバラそうとしているとは思わない。とつぜん現場《げんば》にあらわれて、みんなを見つけるのは、先生なんだから。

二年生のみんな、楽しみにしてなさい。明日の晩《ばん》のパーティーでいったい何が起こるかを！

その晩《ばん》、カーロッタは小さな目覚《めざ》まし時計のねじをまいて時間をセットしました。時計はキャスリンにあずけました。キャスリンの部屋はとなりです。

「キャスリン、鳴ったら、静《しず》かにほかの子を起こして、そのあと、わたしを起こしにきて。そうしたらわたしが同じ部屋の子を起こして、みんなで多目的室《たもくてきしつ》に行くね」

まもなく寮《りょう》のふたつの部屋では全員が、安らかにねむりについていました。

エルシーもぐっすりねむっていました。ふだんからねむりが深く、たまにいびきもかきます。

とつぜん、まくらの下で目覚《めざ》まし時計が鳴って、キャスリンが飛《と》びおきました。

あわてて音を止めます。

キャスリンはベッドを飛《と》びおりて、みんなを起こしていきます。魔法《まほう》の言葉をささやいて。

だれもがすぐにぱっと体を起こしました。暗いなか、スリッパをはいてガウンをはおります。

それからキャスリンはとなりの部屋のカーロッタのベッドへ行くと、耳元でささやきました。

「真夜中のパーティー！　真夜中のパーティー！」

「真夜中よ」

カーロッタは、はっとうれしくなり、心臓《しんぞう》が飛《と》びでそうになりました。

そうだった、わたしの誕生日《たんじょうび》パーティー！

カーロッタがエルシー以外《いがい》を起こし、みんなでガウン姿《すがた》になると、ドアまでそっと行きました。

エルシーが小さくいびきをかきました。だれもがほっと胸《むね》をなでおろします。

カーロッタが音を立てずにドアを閉《し》めました。そして、かぎをかけたのです。

これでエルシーが起きたとしても、部屋を出てパーティーをだいなしにはできないでしょう。

みんなは多目的室《たもくてきしつ》に行きました。ドアの下のすきまから光がもれないように、クッションをならべたら……明かりをつけます。とたんに、ひそひそ声やクスクス笑《わら》いが広がりました。

カーロッタが笑《わら》いながらいいました。

「わたしたちが出るとき、エルシーが、それはもうかわいらしいいびきをかいたの。さあ、準《じゅん》備《び》！」

すべての物が戸棚《とだな》などの「かくし場所」から運ばれてきました。

まもなく、多目的室《たもくてきしつ》のテーブルに皿がならべられました。誕生日《たんじょうび》ケーキ用の大皿もあります。

カーロッタがうきうきといいました。

「おつぎは、とびきりのごちそうの出番！」

みんなはごちそうを出していきました。先にケーキにパン、ビスケットにお菓子《かし》。

つづいて、缶《かん》づめを開けて中身を皿にもっていきます。サーディン、フルーツカクテル、パイナップル、エビ。想像《そうぞう》をこえた最高《さいこう》の品々《しなじな》です。カーロッタはジンジャービアのびん十本のふたを開けました。ポン！　という音がするたびに、おさえた笑《わら》い声が起きます。

「われらが眠《ねむ》り姫《ひめ》、エルシーに！」

ボビーはそういって笑《わら》うと、シュワシュワしたジンジャービアを飲みました。

「さあ、みんな、思いきり楽しもうね！」

17 二年生、いたずらをする

ボビーの言葉どおり、二年生は楽しみました。

みんなはあらゆることがおかしくてクスクス笑《わら》いました。

ドリスがジンジャービアの空《あき》びんでおふざけをしたときには、涙《なみだ》が出るほど笑《わら》いころげました。

そして、あらゆるごちそうをお腹《なか》につめこみます。

カーロッタはなんと、サーディンとパイナップルをいっしょに。

アリスンはためしにエビをジンジャービアにひたして。パットとイザベルに「最高《さいこう》の食べ方」とそそのかされてやったのですが、その結果《けっか》、気持ち悪くなりました。

みんなはさまざまな食べ物を組みあわせて食べて、つぎつぎにびっくりする結果《けっか》を出しました。

「ジンジャーブレッドケーキにサーディンをはさむのが、こんなにおいしいなんて、だれも夢《ゆめ》にも思わないんじゃない？」とジャネット。

誕生日《たんじょうび》ケーキはとてもりっぱでした。味は天にものぼるおいしさです！

少しして、半分ほど残《のこ》ったケーキにろうそくをともすと、明かりを消しました。

全員がすわって食べながら、半分ほどのケーキに十五本のろうそくの火がゆれるのを見つめます。なんてきれいなのでしょう。

やがて、パットがジンジャービアを入れたマグカップをかかげていいました。

「カーロッタ、真夜中をすぎたから、ほんとの誕生日《たんじょうび》だものね。誕生日《たんじょうび》おめでとう！」

「おめでとう！」

「ありがとう！」

カーロッタは誕生日《たんじょうび》ケーキを全員分、もう一度切りわけました。それでもまだ残《のこ》りました。

「あとふた切れあるけど、だれにあげる？」とカーロッタ。

パットが答えました。

「ひとつはジェンクス先生にあげよう！　わたしたちが夜中に食べたことはいわないで」

「あとひとつは、クエンティン先生にしてぇ！」

アリスンがお願《ねが》いしましたが、すぐにカーロッタがいいました。

「バカなこといわないで。クエンティン先生にあげるなら、エルシーにあげたほうがまし！」

すると、思いがけず、アンナが声をあげました。

「エルシーにあげましょうよ。悪いことをした人にはいいことをして、はじいらせるの。それに、ケーキをあげたらエルシーは、パーティーをもうやったんだって気づくわ。かなりのショックよ」

カーロッタがにっと笑《わら》いました。

「じゃあ明日の晩《ばん》、エルシーにパーティーのじゃまをさせて、つぎの日にケーキをプレゼント！」

みんなも口々《くちぐち》に「賛成《さんせい》」といいました。

もう食べ物も飲み物も残《のこ》っていません。

そこで、みんなはかたづけにとりかかりました。お菓子《かし》のくずまできれいにとります。

すてきなパーティーがあったというあとは、少しもありません。

アンナがいいました。

「みんな、よくできました、それじゃあ、できるだけ静《しず》かにね。エルシーを起こさないように」

二年生はそっと自分たちの部屋にもどりました。

カーロッタが閉《し》めていったドアのかぎを開けます。

すると、最初《さいしょ》に聞こえたのは……ねむっているエルシーの小さないびき！

エルシーはぴくりとも動きません。何もかも、びっくりするほどうまくいきました。

つぎの日の朝、二年生はねむたくてたまりませんでした。起きるのがつらいのなんの。

アリスンとキャスリンは朝食と昼食を口にできず、夜中のパーティーによる『食べすぎ病』だと寮母《りょうぼ》先生に見やぶられましたが、先生はふたりに薬を飲ませただけですませてくれました。

さて、パーティーが終わったとは思いもしないエルシーは、みんなを見て思いました。

今夜はさぞかし楽しみでしょうね。

でも、そうはいかないわ！　ジェンクス先生があらわれて、だいなしになるんだから。

わたしに意地悪をしたむくいよ！

その晩《ばん》、二年生はクスクス笑《わら》ったりつつきあったりしながら、ベッドに入りました。

そこで、ボビーがこんな計画を立てたのです。

「みんな、夜中に起きて、部屋をこっそり出よう。わたしたちがいなくなったらすぐ、エルシーはジェンクス先生のところへいいつけにいくはず。それか院長先生のところかな。とにかく、エルシーが部屋を出たら、みんなでそっとベッドにもどる。そのあと部屋にジェンクス先生がやってきたら、ねむってるふりをするの。あわれ、エルシーはだまされちゃったってわけ！」

この計画にみんなが賛成《さんせい》しました。

カーロッタはふたたび目覚《めざ》まし時計を真夜中にセットしました。今回は自分のまくらの下に時計を入れます。エルシーを確実《かくじつ》に起こしたかったからです。

そして夜中の十二時、目覚《めざ》ましが鳴って、カーロッタはがばっと起きました。暗闇《くらやみ》でにやりとします。

カーロッタはベッドからベッドへ移動《いどう》して、わざと音をたてながら、みんなを起こしました。エルシーもそのときに起きました。けっきょく、ねむってしまったのです。

そして、起きたものの横になったまま、ねむりこんでいるふりをしました。みんなが部屋をそっと出ていくまで、身動きひとつしません。

だれもいなくなると、エルシーはベッドの上で体を起こし、ガウンをはおりました。みんなひどい！　わたしをのけ者にして、楽しむなんて！

エルシーは部屋をそっとぬけだして、ジェンクス先生を起こしにいきました。

一方、カーロッタはろうかの角を曲がったところにかくれて、エルシーがろうかを反対方向に歩いていくのを見ていました。ジェンクス先生の部屋のほうです。

二年生はすぐそばで声をおしころして笑《わら》っていました。

カーロッタがみんなに声をかけて、部屋にもどりました。全員で、毛布《もうふ》にくるまって待ちます。

いっぽう、エルシーはジェンクス先生の部屋をノックしました。

やがて起きてきた先生が「だれか具合が悪いの？」とたずねました。

「先生、部屋からみんなが消えたんです。誘拐《ゆうかい》されたのかも。わたし、こわくてたまりません」

「エルシー、五人も六人も誘拐《ゆうかい》されたのに、そのときあなたは気づかなかったんですか？」

エルシーが目をますます見開いていいます。

「本当にいないんです。だったら、みんな、どこにいるというんです？」

ジェンクス先生がふきげんにいいました。

「カーロッタの誕生日《たんじょうび》でしょう？　パーティーをしているのだと思いますよ。まるであなた、パーティーをだいなしにしようとしているみたいですね」

エルシーは、おどろいて傷《きず》ついたふりをしました。

「まさか、ジェンクス先生、パーティーだなんて考えてもみませんでした」

先生はエルシーを一年以上《いじょう》受けもってきたので、どういう性格《せいかく》かよく知っています。

「まったく、いらいらしますね。では、調べてみますから、あなたも来なさい。そうすることで、二年生のみんなは、だれが自分たちの計画をだいなしにしたのかわかることになります！」

それでは予定とちがいます！　けれども、もうおそい。今さら引っこみがつきません。

エルシーは先生といっしょに、寮《りょう》の自分の部屋へ行って、ドアを開けました。

部屋のみんなは、足音を聞いてベッドのなかにちぢこまり、目をぎゅっとつぶりました。

ドリスがうその小さないびきをかいて、ねがえりをうちます。

ジェンクス先生はドリスをじっと見ました。そして、起きているわね、と確信《かくしん》しました。

エルシーはというと、ベッドにみんながいるのを見て、あわてましたし、ぞっとしました。

わけがわかりません。三分も部屋をはなれていなかったのに、全員がベッドでねているのです。

ジェンクス先生が話しだしました。みんなが起きていると知って、声を低《ひく》めもしません。

「エルシー、この件《けん》は明日話しあいましょう。みんなが誘拐《ゆうかい》されたという作り話で起こされるのも、けっきょくベッドからいなくなっているのはあなただけなのも、いい気持ちがしませんね」

エルシーは何もいわずにベッドに入り、先生も部屋をあとにしました。

今やちぢこまっているエルシーに対して、声をかける者はひとりもいません。

みんなクスクス笑《わら》っていましたが、やがてねむってしまいました。不安《ふあん》なエルシーを残《のこ》して。

つぎの日、カーロッタがまじめな顔で誕生日《たんじょうび》ケーキをひと切れエルシーにさしだしました。

「あなたは欠席《けっせき》だったから、ひとつとっておいたの」

エルシーは、それはもうびっくりしました。ケーキを見つめて、たずねます。

「じゃあ、やっぱりパーティーを開いたってこと？　いったいいつ？」

カーロッタは、もったいぶっていいました。

「誘拐《ゆうかい》されているあいだに開いたの。真夜中に何者かがやってきて、わたしたち全員をつれさって、でも、誕生日《たんじょうび》ケーキをちょっとあげたら、すごく喜《よろこ》んで、解放《かいほう》してくれたの！」

「そんなのうそに決まってるでしょ！」

エルシーがどなったのを聞いて、どっと笑《わら》い声がわきました。

「うそですって？　わたしたちが誘拐《ゆうかい》されたってジェンクス先生にいいにいったのは、だれだっけ？　あなたにうそをどうこういう資格《しかく》はない！」

エルシーはぷいっと顔をそむけました。心はひどく傷《きず》ついています。

一時間めが始まる十分前に、エルシーはジェンクス先生の待つ教室に行きました。

先生はいつものように山積《やまづ》みのノートの練習問題をせっせと採点《さいてん》しています。

そして先生の机《つくえ》には、誕生日《たんじょうび》ケーキの大きなひと切れがのっているではありませんか。

エルシーはケーキを見つめて、くちびるをかみました。

先生がカーロッタの持ってきたケーキを受けとっている。パーティーがあったことは想像《そうぞう》がついたはずなのに！　かなりまずいことになったわ。

「エルシー、今学期、あなたは学年代表というチャンスを与《あた》えられたのに、いかせなかったようですね。態度《たいど》をあらためず、バカなふるまいをしました。昨夜《さくや》もそうです。わたしに作り話をして、みんなに意地悪をしかけて。今学期の残《のこ》りも同じことをつづけるつもりですか？　それとも、小さな勇気《ゆうき》と判断力《はんだんりょく》があることを示《しめ》しますか？　今ならとりかえせますよ」

エルシーには、あやまちをみとめて、あらためますというほか、道がありません。

そうするのは、たいへんです。けれども、そうしなければ、先生の書く通知表はきびしい内容《ないよう》になるでしょうし、残《のこ》りの学期のあいだ、クラスの子の冷笑《れいしょう》にたえなければなりません。

エルシーは半《なか》ばふてくされた言い方で答えました。

「今までのバカなふるまいをうめあわせる努力《どりょく》をします。でも、みんなにあやまるのはむりです」

「あなたを一年以上《いじょう》受けもってきたんです。あなたがあやまることは期待しませんよ。ほかの子たちがそろそろ来ます。休憩室《きゅうけいしつ》からわたしの教科書をとってきてください。それから、もう少し明るい顔をして。あなたがしょんぼりしているのを見るのは、もういやですよ」

エルシーが先生の教科書をとりにいっているあいだに、二年生が教室に集まりました。

先生がみんなにいいました。

「みなさんに話があります。エルシーはこれまでのふるまいをうめあわせる努力《どりょく》をするといってくれました。まあ、いやいやではあるのですが。それと、自分からはあやまれないそうなのです。

それでも、みなさんはエルシーの努力《どりょく》を手助けする形でせっしてあげてくれませんか？　あなたたちも昨夜《さくや》は、見事にエルシーの裏《うら》をかいたわけですから」

最後《さいご》の思いがけない言葉に、みんなはにこにこしました。

ということは、先生には全部お見通しだったのね。それなのに、机《つくえ》には誕生日《たんじょうび》ケーキがある。

ジェンクス先生って最高《さいこう》！

ヒラリーが笑顔《えがお》でいいました。

「ジェンクス先生、わたしたち、心を広くして、エルシーのことを大目に見ます」

エルシーが教室にもどってきました。しょんぼりするのをやめて、どうにかにこやかな表情《ひょうじょう》を作っています。先生の机《つくえ》に教科書をおきました。

「エルシー、ありがとう」

ジェンクス先生がやさしくいって、ほほえみかけます。

みんなはそれを見て、なるほどと思いました。

先生にできることは、わたしたちにもできるはず！

18 はらはらドキドキの試合《しあい》

学期はいつものように進んでいきました。

ラクロスの試合《しあい》がいくつも行われ、相手校が来るときには、全校をあげて観戦《かんせん》と応援《おうえん》をします。

二年生はグラディスをとてもほこりに思いました。

アンナがスポーツ部顧問《こもん》のウィルトン先生に、グラディスには力があると進言した結果《けっか》、先生はグラディスを使ってみることにしました。

グラディスは喜《よろこ》んで、走りとキャッチをするミッドフィルダーのポジションにおさまり、一、二度の練習試合《じあい》で、才能《さいのう》があることを証明《しょうめい》できたのです。

このところ、グラディスはとても幸せそうです。演劇《えんげき》の授業《じゅぎょう》では、クエンティン先生がかなり目をかけてくれますし、今ではウィルトン先生がラクロスでほめてくれます。

ふたつとも、グラディスが大好《だいす》きなことです。

今ではお母さんに、なんとも楽しげな手紙を書いていました。お母さんからの返事はやはり来ませんが、ミラベルのお母さんからは心を明るくする手紙をもらいました。

グラディスさま

今日、お母さまのいる病院へ行くことができました。数分だけお見舞《みま》いのおゆるしが出たのです。お母さまはあまりお話しができませんでしたが、あなたがコンサートで大成功《だいせいこう》をおさめたことを、とても喜《よろこ》んでいらっしゃいましたよ。冬休みにはあなたと会えるかもしれないそうです。

愛《あい》をこめて

エリース・アンウィンより

グラディスの心に、お母さんが本当によくなるかもしれないという希望《きぼう》がめばえました。少しよくなったらお母さんがたいへんな手術《しゅじゅつ》を受けなければならないことは知っていますし、手術《しゅじゅつ》のことを思うと心配になります。それでも、今ではだいぶ前向きに考えられました。

それにしばらくは、ラクロスがあります。つぎの試合《しあい》のことを思うと、わくわくします。なにしろ、この学校のフィールドで行われる、セントクリストファーズ学院との対戦《たいせん》なのです。

ベリンダが、チームの選手《せんしゅ》に二年生をひとり選《えら》ぶつもりなのはみんなが知っていました。

ミラベルは半分からかって「グラディスかもね」といいますが、グラディスはヒラリーが選《えら》ばれるだろうと思っていました。とても上手でしたから。

ところが、試合《しあい》の二日前、ヒラリーはまた風邪《かぜ》を引いて試合《しあい》に出られなくなりました。

そこで、試合《しあい》に選《えら》ばれた選手《せんしゅ》の名簿《めいぼ》のいちばん下にあったのは……グラディスの名前！

二年生からひとりだけ選《えら》ばれた選手《せんしゅ》です！

「ああ、ほんとに、わたしもうれしい。おめでとう！」

そういってミラベルが心から喜《よろこ》んでくれるのを見て、グラディスも幸せな気持ちになりました。

友だちがいることで最高《さいこう》なのは、まさにこんなときです。

苦しいことは分けあって半分こ。うれしいことは分けあって二倍になるのですから。

友だちってなんてすてきなのでしょう。

いつものように、学校全体が試合観戦《しあいかんせん》をすることになりました。

セントクリストファーズの選手《せんしゅ》たちが、大きなバスでやってきました。セントクレアズの生徒《せいと》たちが歓声《かんせい》をあげます。

少しして試合《しあい》が始まりました。

ベリンダが審判《しんぱん》になって、ホイッスルのするどい音をひびかせます。

フィールドのまんなかでスタンバイしていたふたりの選手《せんしゅ》が、音と同時にスティックをぶつけあい、ボールが飛《と》びだしました。

すかさず三年生のマージェリーがキャッチし、ボールを持ってダッシュします。

そのボールをパスされたのは親友のルーシーです。ルーシーはタックルされましたが、またすぐにうまくボールをひろって、グラディスへパス。

ボールをしっかりキャッチしたグラディスは、敵《てき》をかわしてルーシーに投げかえします。

つぎつぎとボールをつないで、ついにルーシーがシュート！

けれども、セントクリストファーズのゴーリー*にたくみに止められてしまいました。

それからは接戦《せっせん》です。セントクリストファーズのゴーリーは優秀《ゆうしゅう》なのです。

セントクレアズの生徒《せいと》のなかには、ほかの選手《せんしゅ》にくらべて小柄《こがら》なグラディスを不安視《ふあんし》する者もいましたが、二年生がみんなで力強く応援《おうえん》しました。

ハーフタイムになりました。

セントクレアズはゴールを決めておらず、一対〇です。

グラディスの紅潮《こうちょう》した顔が目にとまったベリンダは、ぱっと笑顔《えがお》を見せてはげましました。

「グラディス、やるじゃない！　あとは、もう少しマージェリーの近くにいるようにしてくれる？　マージェリーにパスされて、チャンスがあったら、シュートできるようにね」

「はい、ベリンダ。やってみます」

グラディスは幸せいっぱいに答えました。

そして約束《やくそく》を守りました。マージェリーの近くにいるようにして、ボールをパスされると、流れるようにキャッチしたのです。

三度めにマージェリーからのボールをキャッチしたとき、ゴールは遠かったのですが、満身《まんしん》の力をこめてねらいました。

シュ――――ト！

けれどもだめ。セントクリストファーズのゴーリーにうまくボールをはじかれました。得点《とくてん》は、なしです。けれども、すばらしいシュートです。

ゴーリー…ラクロスのゴールキーパー。

時間はすべるようにすぎ、セントクレアズはまだ、一点も入れていません。

それは後半戦《こうはんせん》でのセントクリストファーズも同じ。まさに大接戦《だいせっせん》です。

ミラベルが腕時計《うでどけい》に目をやって、思わず声をあげました。

「ああ、まずい。もう時間がないわ。グラディス、がんばって！　あと四分しかない！」

それを聞いたグラディスが走りだし、大柄《おおがら》な敵《てき》の選手《せんしゅ》にタックルします。

ところが、かわされてつんのめり、足首をひねってしまいました。

グラディスから思わず「うっ！」と声がもれます。これで走れば、足はひどく痛《いた》むでしょう。

でも……あきらめられない！

ボールがそばにころがってきました。グラディスはスティックの網《あみ》でひろうと、足を引きずりながらも走りだします。

パスでつないでいきますが、とちゅうで相手選手《せんしゅ》にボールをとられてしまいました。

けれども、グラディスは機転《きてん》をきかせ、すぐに自分のスティックをあげて敵《てき》のスティックに当てて阻止《そし》。その拍子《ひょうし》にボールが飛《と》びだしたところを、キャッチ！

グラディスがまた走りだします。

そして、シュ――――ト！

ボールはとちゅう、あらぬほうへはずみ、ゴーリーのスティックをさけてころがって……！

ゴ――――ル！

セントクレアズの生徒《せいと》たちは、うれしくて大さわぎ！

「グラディス！　やったあ！」

試合《しあい》は一対一、引き分けで終わりました。

両校の選手《せんしゅ》はいっしょにお茶を楽しみました。みんなでわいわい試合《しあい》をふりかえります。

二年生は、試合《しあい》を同点にみちびいたグラディスに特別《とくべつ》なケーキをプレゼントしました。

通りかかったベリンダが、声をかけます。

「グラディス、おめでとう」

生徒《せいと》会長じきじきの言葉は、グラディスにとって何よりのごほうびでした。

19 アリスンとクエンティン先生

学期は急ぎ足で進みはじめました。みんなは冬休みの予定の話でもりあがっています。

そんななか、グラディスは少し顔をくもらせていました。ミラベルがたずねます。

「お母さんは退院《たいいん》できるくらいよくなって、いっしょに家ですごせそう？」

「ううん。わたしは冬休みのあいだ、学校に残《のこ》るの。あなたがいないと、さびしくなりそうよ」

「グラディス、かわいそうに。お母さんは本当によくなりそうにないの？」

「もうすぐ大事な手術《しゅじゅつ》をひかえてるの。だから外泊《がいはく》がむりなのはよくわかっている。でも、手術《しゅじゅつ》をすればまたよくなるかもしれないから、今はとにかく、いい結果《けっか》を願《ねが》うだけよ」

ミラベルのお母さんからミラベルに手紙がとどきました。

グラディスのお母さんのことを少し心配しています。もうすぐ手術《しゅじゅつ》ですが、とてもお体が弱っているようです。もしも悪い知らせがあったときには、あなたがグラディスをささえてください。

ミラベルは手紙についてグラディスに何もいわず、いつも以上《いじょう》に温かく、やさしくしました。

グラディスがお母さんにラクロスの試合《しあい》での活躍《かつやく》を手紙で伝《つた》えると聞くと、「わたしにも、手紙を書かせて」といいました。

グラディスの顔がぱっとかがやきます。

「ミラベル、ありがとう。コンサートのあとにも書いてくれて、お母さん、喜《よろこ》んだと思う。以前《いぜん》のわたしは、めそめそするばかりでバカだったわ。あなたにもきらわれていたでしょうね」

ミラベルは正直にいいました。

「あまり好《す》きではなかったわ。でもあなただってわたしを好《す》きじゃなかったでしょ。おあいこよ」

グラディスはラクロスだけでなく、演劇《えんげき》の授業《じゅぎょう》でも、かがやきだしていました。

二年生は学期の最後の授業《じゅぎょう》で演劇《えんげき》の発表会を行うことになっています。

クエンティン先生はすでに、アリスン、ドリス、カーロッタに女性《じょせい》の主役をためしに演《えん》じさせていたのですが、新たにグラディスにもやらせてみました。

ただ、二年生ではアリスンがいちばんきれいですし、セリフも覚《おぼ》えていて、前からリハーサルもしています。先生ははっきりとそういったわけではありませんが、その口ぶりから、クラス全体が、アリスンが主役だと思っていました。

さて、アリスンの先生に対する熱《ねつ》は、さらに度を超《こ》して、二年生はいらだっていました。

そんなとき、アリスンはあるニュースを耳にして、ショックを受けました。

クエンティン先生は一学期間の契約《けいやく》のため、今学期で学校を去るというのです。

泣《な》いて悲しむアリスンに、イザベルがいいました。

「先生がいなくなってもたいしたことないでしょ。わたしたち、先生はいうことが空《から》っぽだと思ってる。コンサートでのグラディスのすばらしい演技《えんぎ》を、自分の手柄《てがら》にするなんてひどいしね」

アリスンの目にまた涙《なみだ》がたまってきました。

「その話はわたし、しんじていないもの。先生はだれよりも信頼《しんらい》できるんだから！」

すると、パットもいいました。

「どうしてそう、熱《ねつ》をあげる相手に変《へん》な人を選《えら》んじゃうの？　セイディなんて、あなたに手紙ひとつよこさないじゃない。きっとクエンティン先生もくれないはず！」

「くれるわ！　クエンティン先生はわたしのことがお気に入りなんだから」

これを聞いて、さすがにみんなはあきらめました。

アリスンにわかってもらうのは、もうむり！

アリスンはというと、先生用の休憩室《きゅうけいしつ》のそばで、クエンティン先生が出てくるのを待つことにしました。先生が出てきたら、どんなに残念《ざんねん》か、気持ちを伝《つた》えることにしたのです。

そのとき、空気を入れかえるため、休憩室《きゅうけいしつ》のドアが開けられました。

すると、部屋のなかから「アリスン」というのが聞こえました。クエンティン先生の声です。

アリスンはドキッとして身をかたくしました。

クエンティン先生がほかの先生たちに向かってわたしをほめてくれているのかな。

「アリスンはショックを受けるでしょう」

クエンティン先生の低《ひく》くはっきりとした声がそういいました。アリスンは、なんてきれいな声なのと思いました。

「あの子ときたら、今日の発表会で主役ができるくらい、自分はうまいと思っているんです。かなり練習してはいましたが……主役ができないとわかるのは、あの子にはいいことでしょう」

「では、主役はだれがやるのですか？」とジェンクス先生。

「グラディスです。今学期の最初《さいしょ》から目をつけていました。ほかの子たちの三倍はうまいですから。主役をきっと見事に演《えん》じきるでしょう」

つづいて、マドモアゼルの少々《しょうしょう》かすれた大きな声が聞こえてきました。

「ですが、クエンティン先生、アリスンは演劇《えんげき》では本当にがんばっていると思いますよ」

するとと、クエンティン先生はあっさりいいました。

「ええ、まあ、あの子はわたしを崇拝《すうはい》していますから。わたしから笑顔《えがお》とやさしい言葉をもらおうと、なんでもします。ペットのワンちゃんのようなものです。アリスンにはうんざりしているんです。うるんだ瞳《ひとみ》を向けてきて、『はい、先生。いいえ、先生』といった具合なんですから。主役でないとわかったら、ショックを受けるでしょうが、あの子のためになるでしょう」

ジェンクス先生が冷《つめ》たい声でいいました。

「そうでしょうか。気持ちの弱い子には、ショックがいいように働《はたら》くとはかぎりません。この件《けん》は先生からアリスンにやさしく伝《つた》えていただければと思います。さもないと、あの子は一日じゅう泣《な》いているでしょう。明日からの試験《しけん》にさしさわりがあっては、こまります」

「ああ、その点はご心配なく。あの子の頭をなでて、やさしい言葉をちょっとかければ、だいじょうぶですから。アリスンはわたしのいいなりです。いつでもそうなんです」

そこでドアが閉《し》められました。

もうひと言も聞こえません。アリスンは胸《むね》が苦しくて、ロビーのベンチにすわりこみました。

とてつもなくショックを受けて心が傷《きず》ついています。頭のなかがぐるぐるしています。

わたしは主役をやれないんだ。先生はわたしを好《す》きじゃないんだ。

ペットくらいに思っていたんだ。なでたり笑《わら》ったりする相手だと思ってただけ！

それに先生はうそをついた。コンサートまでグラディスの才能《さいのう》に気づいてなかったじゃない！

ジェンクス先生はなんていってたっけ。

「気持ちの弱い子には、ショックがいいように働《はたら》くとはかぎりません」

じゃあ、わたしは気持ちの弱い子ってこと？

クエンティン先生に向けていたあこがれも愛情《あいじょう》も、いっしゅんで消えました。

残《のこ》っているのは、心の痛《いた》みだけ。

アリスンはみんなと同じようにクエンティン先生のことが見えてきました。

先生は楽しくてあいそがいいのですが、信頼《しんらい》できませんし、不誠実《ふせいじつ》で、浅《あさ》はかなのです。

アリスンはこのとき、自分のなかにあるとは思っていなかったものを、見つけました。

プライドです！

ペットになんて、先生のいいなりになんて、ならない！

わたしのプライドがゆるさない。

先生のほうがまちがってることを見せてやるんだから！

アリスンは頭をあげて、目から涙《なみだ》をはらうと、これからすることを心に決めました。

そんなわけで、グラディスが主役をつとめることを、クエンティン先生が授業《じゅぎょう》で発表したとき、アリスンは主役になれなかったというのに、がっかりしたようすを見せませんでした。

クエンティン先生はアリスンの波打つ髪《かみ》をふわりとなでていいました。

「残念《ざんねん》だけれど、アリスン、がっかりしないでね」

「もちろん、しません、クエンティン先生」

アリスンは先生の手からすっと身を引いて、いいました。

「グラディスがやるべきです。いちばん上手ですから。ほんとによかったと思います」

みんなは、ぎょうてんしてアリスンを見つめました。

てっきりアリスンは泣《な》きだすと――さらには、ぷっとふくれるだろうと――思っていたのです。

そのあと、アリスンはクエンティン先生と目を合わせようとしませんでした。

発表会では、与《あた》えられた役を上手に演《えん》じて先生にほめられたのですが、にこりともしません。

先生は不思議《ふしぎ》に思い、少し傷《きず》つきました。

そして授業《じゅぎょう》の最後《さいご》に、発表しました。

「みなさんにお話があります。わたしは今学期かぎりでこの学校を去ります。きっとみなさんに会いたくてたまらなくなるでしょうね。演技《えんぎ》の勉強をがんばっていた人には特《とく》に」

先生はアリスンをじっと見つめました。きっと涙《なみだ》を見せると思っていました。そして「ああ、先生！　わたしたち、さびしくてたまらなくなります！」というはずです。

ところが、アリスンは先生を見もしません。ただ窓《まど》の外を見ています。

そこで、ヒラリーが礼儀《れいぎ》正しくいいました。

「わたしたち、残念《ざんねん》に思っています。先生がこれからもご活躍《かつやく》されることを願《ねが》っています」

先生は傷《きず》つきましたし、がっかりしました。アリスンに直接《ちょくせつ》話しかけます。

「アリスン、あなたがわたしのために特《とく》にがんばっていたことはわかっていますよ」

「わたしががんばったのは、演技《えんぎ》が好《す》きだからです」

アリスンは、このとき初《はじ》めて先生の目を見て、さめた声でいいました。

みんなはアリスンをほれぼれと見つめました。

やっと大好《だいす》きなクエンティン先生の正体がわかったのね。

それで、めそめそ泣《な》いて文句《もんく》をいう代わりに、りんとしてさめた態度《たいど》を見せたってわけ。

これはアリスンの勝ち！

クエンティン先生はひどくとまどった顔のまま、つぎの授業《じゅぎょう》に向かいました。

みんながわっとアリスンをとりかこみます。

「アリスン！　何があったの？　大好《だいす》きなクエンティン先生にいやなことをされた？」

アリスンがみんなをかきわけていいます。

「やめて！　みんなに話すことはないの。話したくない。ひとりにして」

あまりにもとつぜんアリスンが成長《せいちょう》したわけを知る人はだれもいませんでした。

知っているのはアリスン本人だけ。傷《きず》ついた心からプライドが生まれたのです。その「大切なもの」はこの先ずっとアリスンを助けてくれることでしょう。

20 とびきりの学期末《がっきまつ》

試験《しけん》期間に入りました。みんなは毎日、うんうんうなっています。

グラディスは、その週にお母さんが手術《しゅじゅつ》を受けるので、心配で試験《しけん》に身が入りませんでした。

ミラベルは毎晩《まいばん》、試験《しけん》勉強の手助けを買ってでて、できるかぎりのことをしています。

そんな姿《すがた》を見て、みんなはミラベルに対する態度《たいど》をかなりやわらげました。

さすがのエルシーも、グラディスのことは気《き》の毒《どく》になりました。「いい知らせが早くとどくといいわね」と声をかけたほどです。

みんなはジェンクス先生との約束《やくそく》を守って、形はどうあれエルシーがちゃんとしたふるまいをしようと努力《どりょく》しているときには、じゃまをしないようにしていました。

それでも、エルシーに好意《こうい》を示《しめ》せる子はひとりも出てきません。

ジェンクス先生はエルシーについて院長先生に報告《ほうこく》しました。

そんなわけで、エルシーは院長先生の部屋によばれ、少々《しょうしょう》ふてくされた態度《たいど》ですわりました。しかられるか、もっと悪いこと――退学《たいがく》になりそうだと思ったからです。

「エルシー、今学期はたいへんでしたね。そのほとんどが自分のせいだったとみとめますか？」

エルシーは、院長先生のきびしい顔を見ました。そしてやっと返事をしました。

「はい。たいていは自分のせいだったと思います。みんなにすっかりきらわれました」

「エルシー、意地悪というものは、わすれたりゆるしたりしがたいものなんですよ。人の心にとてもつらい気持ちをうえつけるものなんです。怒《いか》りを覚えさせ、わすれられないものにしてしまう。あなたが二年生のなかにいることは、あなた自身にもほかの二年生にも、よくありません」

エルシーは暗い気持ちでつづきの言葉を待ちました。

退学《たいがく》なんていや。セントクレアズが大好《だいす》きなのに。

院長先生はエルシーの気持ちを考えて、すぐにいいました。

「退学《たいがく》などさせません。この学校があなたのためにできることも、あなたがこの学校のためにできることも、あると思いますから。あなたの悪い面を見てきた二年生とは別《わか》れて三年生になりなさい。三年生には、あなたを知らない転入生たちがくわわる予定です。自分のちがう面を見せるチャンスです。ただし、進級はわたしと約束《やくそく》したらです。今度こそチャンスをいかして勉強すること。そしてさらに重要《じゅうよう》な点です。意地悪なところをなくす努力《どりょく》をすること！」

さっきまでしずんでいたエルシーの心は、ほっとした気持ちとともにまいあがりました。

三年生になれるんだわ！　ずっとわたしをきらっていた二年生と、はなれられるのね！

勉強くらい、いっしょうけんめいやる。

わたしのことを知らない転入生たちにやさしくするくらい、どうってことないわ！

「アンナはどうなるんですか？　いっしょに三年生になれますか？」

「もちろんです。代表としてりっぱに変身《へんしん》しましたから。エルシー、チャンスをいかしなさい」

エルシーは喜《よろこ》びと希望《きぼう》に胸《むね》をふくらませて、部屋を出ました。

ろうかでグラディスを見かけると、親しげでやわらかな態度《たいど》で近づいて声をかけました。

「お母さんのこと、何か知らせはあった？」

「まだなの」

グラディスは答えながら、エルシーが親しげに話すなんて何があったのかしら、と思いました。

エルシーはさらに行くと、ボビーとも会いました。

「今、グラディスとすれちがったの。わたしたちで心配事をわすれさせてあげられないかしら」

すぐにボビーがいいました。

「それいいね！　わたし、マドモアゼルにいたずらをしかける！　ほら、あのお皿がぴょこぴょことびはねるグッズ！　マドモアゼルは、今日の昼食はわたしたちのテーブルでとるのよね。ジェンクス先生が外出するから。このいたずらは、グラディスの気晴らしになるんじゃないかな」

いたずらの計画が、二年生に知らされました。

みんなが歓声《かんせい》をあげて喜《よろこ》びます。試験《しけん》のこともわすれ、期待でいっぱいの目でボビーを見ます。

今学期初《はつ》のいたずら！　さすがにやってていいころだもの！

昼食の時間、二年生が食堂《しょくどう》の自分たちのテーブルにつきました。

マドモアゼルは、はしの席《せき》にすわります。ふたつおいて、ボビーの席《せき》です。

ボビーは先にすべての用意をすませていました。どうしたかというと……。

マドモアゼルの席《せき》には、マドモアゼルが生徒《せいと》たちに煮込《にこ》みをとりわけられるよう、皿が重ねておいてあったのですが、ボビーはそれをいったんどけて、テーブルクロスをめくりました。

ここにしかけるのが、いたずらグッズの長いチューブです。かたはしにゴム球、かたはしにゴム風船がついています。

ゴム風船を、皿があった場所において、チューブをのばして、ボビーの席《せき》にゴム球をたらします。テーブルクロスをまたかけてグッズをかくし、ゴム風船のあるあたりに皿をのせます。

最初《さいしょ》のうちは、ボビーがテーブルの下のゴム球をおして空気を送っても、皿が重なって重いため、ゴム風船はふくらみません。けれども、生徒《せいと》全員に皿をくばりおわり、マドモアゼルの皿だけになったら……！

ボビーがゴム球をおしたとたん、チューブを通った空気がゴム風船に入り、見事に皿がかたむくでしょう！

さて、マドモアゼルは急いで煮込《にこ》みをくばりました。

みんなはせっせと食べはじめました。ただし、マドモアゼルの皿からは目をはなしません。

マドモアゼルは最後《さいご》の皿に自分の煮込《にこ》みとグレービーソースをよそうと、みんなにいいました。

「イギリスに来たばかりのころは、煮込《にこ》みは苦手でしたが、今はもう大好《だいす》きです」

ボビーがテーブルクロスの下で、ゴム球をぎゅっとにぎりました。

マドモアゼルの皿の下のゴム風船に空気が送られてふくらんで、皿がかたむきます。

そこでボビーがゴム球をにぎる手をゆるめると、皿のあがっていた側《がわ》がさがりました。

マドモアゼルがぎょっとします。自分の目がおかしくなったのかと思い、まわりを見ました。

みんな、何も気づいていないようです。

本当はみんな、ちゃんと見ていて、ひっしに笑《わら》いをこらえていたのですけれど。

マドモアゼルは気にしないことにして、ふたたびみんなに話しはじめました。

「明日はあなたたち二年生は、フランス語の試験《しけん》がありますね」

と、そのとき、ボビーがゴム球をおしたのです。

空気がゴム風船に送られて、急にマドモアゼルの皿がかたむきました。

皿のグレービーソースがこぼれます。

マドモアゼルはおどろいて皿を見つめました。

「まさか《ティアン》、なんなんです？」

マドモアゼルが思わず声をあげます。

ジャネットがまじめな顔でたずねました。

「マドモアゼル、何がなんなんですか？」

「いえいえ、なんでもありません！」

マドモアゼルは急いで答えました。皿が生きているのではないかとは、いいたくありません。皿はどこも変《か》わったところがなさそうでした。

が、とつぜん、皿がゆっくりどうどうと三回「あがってさがる」をくりかえしたのです。

つづいて皿はもっとはやくカタカタ動いて、グレービーソースがこぼれます。

するとドリスがくだらない冗談《じょうだん》をいって、みんなを大声で笑《わら》わせました。

そうでもしないと、笑《わら》いをこらえるのに限界《げんかい》をむかえた子たちがいたのです。

二年生以外《いがい》の人たちは、ゲラゲラ笑《わら》っている子たちをおどろいて見つめました。

別《べつ》のテーブルにいる院長先生が、まゆをよせます。二年生に向かっていいました。

「お静《しず》かに！」

二年生は息をつまらせながら静《しず》まりました。マドモアゼルが顔をしかめて二年生を見ます。

「なんてさわぎですか！」

そういってとがめますが、目はすぐにまた、皿にすいよせられます。

すると、皿がどうどうと二度も「あがってさがる」をやったのです。

マドモアゼルがいよいよ顔をしかめます。

こんなこと、あるはずがありませんとも！

お皿がこんなふうに動けるものですか。バカバカしい。

そのあと煮込《にこ》みを食べおわるまで皿はおとなしくなり、マドモアゼルに平和がおとずれました。

ところが、デザートのプディングが運ばれてきて、マドモアゼルが全員分をとりわけたとき、またおもしろいことが起きました。

目の前の自分の皿が大きくはねたのです。

マドモアゼルが悲鳴をあげて、いすごと後ろにさがります。

二年生は笑《わら》いをこらえて息もたえだえ。涙《なみだ》を流しています。

マドモアゼルが声をあげました。

「ああ、お皿が！　煮込《にこ》みのお皿と同じです！　とびはねるのを見てください！」

そこで、ボビーは皿をじっと動かさずにおきました。

ついにドリスが笑《わら》いだし、さらに数人が笑《わら》いころげます。

皿がまた動きました。

マドモアゼルがいっそういすを後ろに引きます。

院長先生は、おどろきとまどいながら、席《せき》を立って二年生のテーブルに向かいました。

二年生はどの子も体をゆすって笑《わら》いころげています。

「マドモアゼル、いったいどうしたのですか？」

マドモアゼルがはっとして院長先生のほうを向きます。

「院長先生、お皿がとびはねて、ダンスして、テーブルを動きまわるんです」

院長先生は皿をじっと見て、やがて口を開きました。

「マドモアゼル、横になったほうがよさそうです。体調が悪いのではないでしょうか」

「いいえ、どこも悪くありません。悪いのはお皿です。院長先生、とびはねるんですよ」

すると、ボビーは皿をまたとびはねさせたくてたまらなくなってしまったのです。そこで思いきりゴム球をおしました。すぐに皿がとびあがり、ふるえて下におります。

院長先生はびっくりぎょうてん。マドモアゼルが悲鳴をあげます。

二年生がどっと笑《わら》います。

院長先生が皿を持ちあげて、テーブルクロスをめくりました。

ありました！　いたずらグッズです！

ゴム風船にチューブがついていて、ボビーの席《せき》までのびています。

マドモアゼルはそれを見たとたん、目をまんまるに見開きました。

「マドモアゼル、いたずらをしかけられたようですね。この件《けん》はおまかせします。どうやったかは、*ロバータが説明《せつめい》できるでしょう」

みんなは笑《わら》うのをやめました。院長先生が席《せき》にもどるのを見まもって、それからマドモアゼルを見ました。

マドモアゼルは、ボビーをにらみながら大声でたずねました。

「このおそろしいいたずらは、どういうことなんです？」

ボビーは説明《せつめい》しました。マドモアゼルがじっと耳をかたむけます。

二年生は落ち着かない気分になりました。

マドモアゼルは本気で、ものすごく怒《おこ》っている……？

ふいにマドモアゼルが鼻を鳴らしたので、みんなはぎょっとしました。

マドモアゼルが体をのけぞらせて大笑《おおわら》いしています！　二年生はほっとして、するともう、いっしょに笑《わら》わずにいられません。

最後《さいご》にマドモアゼルが涙《なみだ》をふきふき、いいました。

「いいいたずらでした。ええ、いいいたずらです。妹に話したら、涙《なみだ》を流して笑《わら》うでしょうね」

「よろしければ、このグッズ、お貸《か》しします。妹さんにしかけられますよ」とジャネット。

マドモアゼルの目がかがやきました。笑顔《えがお》でジャネットにいいます。

「いいですねえ！　妹をたいそう元気づけてくれそうです。やり方を教えてくださいな」

院長先生はほほえみながら、食堂《しょくどう》を出ていきました。

二年生がまた多目的室《たもくてきしつ》に集まったとき、ジャネットがいいました。

「最高《さいこう》！　ボビーったらほんとにうまくて、笑《わら》いをこらえるのに、死にそうだった。とびはねる

ロバータ…ボビーの本名。ボビーは愛称《あいしょう》。

お皿にマドモアゼルのおびえた顔。思い出すと、さっきみたいに大笑《おおわら》いしたくなる！」

だれもが楽しみました。

グラディスも、みんなと同じくらい大笑《おおわら》い。少しのあいだ心配事をわすれられました。

グラディスが笑顔《えがお》になっているのを見て、ミラベルもうれしくなりました。

そしてつぎの日、フランス語の試験《しけん》のときのことでした。とつぜん、教室のドアが開き、下級生がこうつげたのです。

「グラディス・ヒルマンさん、院長先生がおよびです」

グラディスが立ちあがりました。ひざがふるえています。

お母さんが死んでしまったんだ、と思いました。

夢《ゆめ》のなかをさまようように、教室を出ていきます。

ミラベルも暗い気持ちで最悪《さいあく》のことを考えていました。

ところが二分後、ドアがいきおいよく開いて、グラディスが飛《と》びこんできました。はじけるような笑顔《えがお》で、ミラベルのもとにかけよります。

「ミラベル！　お母さんが手術《しゅじゅつ》を受けて、うまくいったって！　お母さん、よくなるの！　もうすぐ会えるの。一時間だけだけど。たぶん、来週に。ミラベル、すごいわよね！」

「ほんと、グラディス、すごいわ！　わたしもうれしい！」

「やったあ！　グラディス、やったね！」

大喜《おおよろこ》びしたひとり、ボビーも声をあげます。

「わたしもうれしいですよ。これであなたはまた、笑顔《えがお》になれますね」

マドモアゼルがにこにこしながらいいました。

グラディスはやっと試験中《しけんちゅう》だったことを思いだし、自分の席《せき》にもどりました。

マドモアゼルがやさしくいいました。

「さて、みなさん、試験《しけん》にまた集中しましょう。グラディス、いい答案《とうあん》を期待できそうですね」

みんなも喜《よろこ》びをかみしめました。あと二日で今学期は終わります。グラディスに楽しみなことができたと思うと、みんなはうれしくてたまりません。エルシーでさえもです。

そうこうするうちに今学期最後《さいご》の日となり、荷づくりが始まりました。

二年生が荷づくりですっかり大さわぎになっているところへ、院長先生が、とどいたばかりの手紙を手に部屋に入ってきました。

「ミラベル、お母さまからお手紙ですよ。お母さまはこうおっしゃっています。わたしの許可《きょか》が出たら冬休みはグラディスと帰ってきていっしょにすごしなさい。そうすれば、あなたの家は病院とさほどはなれてませんから、グラディスは週二回はお見舞《みま》いにいけるでしょう、と」

ミラベルがうれしくて「きゃあ！」と声をあげました。

「院長先生！　グラディスといっしょに帰っていいですか？」とミラベル。

とまどいながらも幸せそうなグラディスを見て、院長先生は笑顔《えがお》でいいました。

「もちろんです。ただ、グラディスはさきほどまで寮《りょう》に残《のこ》る予定でしたから、今すぐ荷づくりしないといけませんね。学校の専用《せんよう》バスが到着《とうちゃく》するまでに用意ができるか、やってみましょう」

だいじょうぶです！　もちろん用意はできました。

すすんであちこちからグラディスの手伝《てつだ》いをする手が飛《と》んできて、何もかもがスーツケースにつめこまれました。

グラディスはうれしすぎて、心臓《しんぞう》がドキドキしました。

もしもあのとき、ミラベルに向きあわなかったら……ミラベルが決心を変《か》えて、学校に残《のこ》ってくれなかったら……こんなふうにはならなかった。

人は勇気《ゆうき》をもって物事にまっすぐ向かわなければならない、ということなんだわ。

グラディスはミラベルのとなりの席《せき》にすわって、ぶじに学校のバスで出発しました。

少し成長《せいちょう》したアリスンが、後ろの席《せき》から背中《せなか》をたたいて声をかけました。

「グラディス、ハッピーホリデー！」

「あなたもね！」とグラディス。

ふたごが声をそろえていいました。

「またね、みんな！　メリークリスマス！　そしてハッピーニューイヤー！」

「またね！　クリスマスプディングを食べすぎちゃだめよ！」

「またね、エルシー！　ハッピーホリデー！」

「またね、ボビー！　二、三個《こ》、いたずらを考えておいてね。だってほら、思い出して。お皿がとびはねたときのマドモアゼルの顔！」

「またね、ヒラリー。来学期ね。またあなたが学年代表になると思うとうれしいな」

「またね！　またね！　またね！」

また「あなた」にも会えますように！
またね！

訳者《やくしゃ》あとがき

イギリスにある女の子ばかりの寄宿学校《きしゅくがっこう》〈セントクレアズ学院〉でくりひろげられる物語、三冊目《さつめ》はいかがでしたか？

お気づきのとおり、第一巻《かん》、第二巻《かん》より本がだいぶ分厚《ぶあつ》くなっています。シリーズ三冊目《さつめ》は、第三巻《かん》『おちゃめなふたごの探偵《たんてい》ノート』と第四巻《かん》『おちゃめなふたごの新学期』を合わせて一冊《さつ》にまとめたからです。

『探偵《たんてい》ノート』では、ふたごが一年生の春休みから夏休みに入るまで。『新学期』では、夏休みが明けて、ふたごが二年生に進級した最初《さいしょ》の一学期間。というふうに、それぞれが描《えが》かれています。

セントクレアズ学院の場合、三学期間同じ学年をすごせば、自動的《じどうてき》につぎの学年になれるとは決まっていません。成績《せいせき》などで進級できると判断《はんだん》された生徒《せいと》がつぎの学年にあがれるのです。優秀《ゆうしゅう》であれば、一学期間すごすだけでも進級できますし、飛《と》び級《きゅう》もありえます。

ふたごは第一巻《かん》から『探偵《たんてい》ノート』までの三学期間、一年生をやって、ちゃんと二年生になれました。転入生として学校にやってきて、最初《さいしょ》は苦労《くろう》しましたが、『新学期』に出てきたエルシーとアンナのように留年《りゅうねん》しなかったのですから、りっぱなものです。

さて、今回も学校には転入生が何人も入ってきました。

なかでも『探偵《たんてい》ノート』のプルーデンスは、かなり印象的《いんしょうてき》ではなかったでしょうか。自分を過大評価《かだいひょうか》して、人を見くだしたり、利用《りよう》したり、告《つ》げ口《ぐち》をしたり。

そういった自らの行いのせいで孤立《こりつ》したプルーデンスは、さらに悪い方向へ……！

世界じゅうの「おちゃめなふたご」ファンが集まる〈イーニッド・ブライトン協会《きょうかい》〉のウェブサイトの掲示板《けいじばん》でも、プルーデンスは悪い意味で、よく話題にのぼっています。

そこで行われている「作者ブライトンの本に出てくる生徒《せいと》で最悪《さいあく》な子は？」という投票《とうひょう》でも、すぐに名前があがり、現在《げんざい》第二位《い》という不名誉《ふめいよ》な人気を獲得《かくとく》してしまいました。

そんなプルーデンスをふくむ、問題をかかえた子を受けいれているのが、セントクレアズ学院のいいところ。

しかもそういう子に対して院長先生やまわりの子たちはかんたんには見放さず、働《はたら》きかけます。

ただ、時代が変《か》わったために、今なら同じやり方はしないという場合もありますし、せっかくの働《はたら》きかけがうまくいかない場合もありますけれど。

いずれにしても、何かに気づいて変化《へんか》できるかどうかは、本人次第。

友だちという支《ささ》えも得《え》て、いい方向に変《か》われる子もいれば、変《か》わらずに学校を去る子もいます。

この物語は、みんながいい子になるわけではないという現実《げんじつ》を描《えが》いているのも大きな魅力《みりょく》です。同時に、物語からは「人は変《か》われる」という作者の信念《しんねん》もうかがえます。そこには作者が教師《きょうし》だった経験《けいけん》も反映《はんえい》されているのでしょう。

人はきっかけや支《ささ》えによって変《か》われる、ということを別《べつ》の方向からいうと、人はだれかをいい意味でも悪い意味でも変《か》えるきっかけになりうるし、支《ささ》えにもなりうる、ということ。時代が変《か》わっても、作者が物語を通して語っていることは今にも通じそうです。

シリーズ三冊目《さつめ》に入って新旧《しんきゅう》の面々《めんめん》がおりなす物語は、いっそうもりあがってきました。そして、物語を最高《さいこう》に楽しくしているものといえば、真夜中のパーティー！『探偵《たんてい》ノート』でも『新学期』でもしっかり開かれています。

パーティーのごちそうとして登場したイギリスらしいものというと、ジンジャービアとビスケットがあげられるでしょう。

ジンジャービアはイギリス生まれのノンアルコールの炭酸飲料《たんさんいんりょう》。ジンジャーエールの原型《げんけい》といわれ、ショウガ（ジンジャー）を使って発酵《はっこう》させてつくります。

ビスケットについては、少しややこしい説明《せつめい》が必要《ひつよう》です。

まず日本では、うすい焼《や》き菓子《がし》を指す言葉に、ビスケットとクッキーがあります。

ビスケットの協会《きょうかい》が出している定義《ていぎ》では、ビスケットは小麦粉《こむぎこ》、糖類《とうるい》、油、食塩《しょくえん》を主な原料《げんりょう》とし、オーブンで焼《や》いたもの。クッキーはビスケットのなかでも、「手作り風」の見た目の、糖分《とうぶん》と脂肪分《しぼうぶん》の合計が四十％以上《いじょう》のものを指します。

たしかに、甘《あま》さひかえめのかためのものをビスケット、甘《あま》くてやわらかめのものをクッキー、となんとなく使いわけているかもしれません。ですが、人によって線引きはあいまいといえそうです。

イギリスではどうかというと、クッキーという言い方はほとんどしません。うすい焼《や》き菓子全《がしぜん》般《ぱん》をビスケットとよびます。

「お茶を飲みながらビスケットを食べる」という意味の「ティー・アンド・ビスケッツ」という言葉があるくらい、イギリスではティータイムにビスケットはつきもので、そのときのビスケットはうすくてかためのもの――日本でもなんとなくビスケットとよんでいるもの――が伝統《でんとう》です。

なお、アメリカでは、うすい焼《や》き菓子全般《がしぜんぱん》をクッキーとよんで、ビスケットというと、スコーンに近い、厚《あつ》みのあるものを指します。

ビスケットは意外にも、複雑《ふくざつ》な言葉かもしれない、というお話でした。

さて、シリーズ四冊目《さつめ》はふたごが四年生に進級したところからはじまります。転入生たちもやってきますが、そのなかのひとりはなんと、マドモアゼルの姪《めい》！　お楽しみに！

田中亜希子《たなかあきこ》

ST. CLARE'S #3: SUMMER TERM AT ST. CLARE'S by Enid Blyton
First published in Great Britain in 1943 by Hodder & Stoughton Limited
This edition first published in Japan in 2025 by Poplar Publishing Co., Ltd.
Japanese translation © Akiko Tanaka
Illustrations © POPLAR Publishing Co.,Ltd
Original English text © Hodder & Stoughton Limited
Japanese translation rights arranged with Hodder & Stoughton Limited through Japan UNI Agency, Inc., Tokyo
Enid Blyton® and Enid Blyton's Signature are registered trade marks of Hodder & Stoughton Limited. All rights reserved.

ST. CLARE'S #4: THE SECOND FORM AT ST CLARE'S by Enid Blyton
First published in Great Britain in 1944 by Hodder & Stoughton Limited
This edition first published in Japan in 2025 by Poplar Publishing Co., Ltd.
Japanese translation © Akiko Tanaka
Illustrations © POPLAR Publishing Co.,Ltd
Original English text © Hodder & Stoughton Limited
Japanese translation rights arranged with Hodder & Stoughton Limited through Japan UNI Agency, Inc., Tokyo
Enid Blyton® and Enid Blyton's Signature are registered trade marks of Hodder & Stoughton Limited. All rights reserved.

作／イーニッド・ブライトン
1897 年、イギリスのロンドンに生まれる。教職のかたわら執筆活動をつづけ、作家に。「おちゃめなふたご」シリーズなど児童向け作品を多数発表した。1968 年死去。作品の多くは翻訳され、今も世界中で愛されている。

訳／田中亜希子（たなかあきこ）
翻訳家。読み聞かせの活動もしている。主な訳書に「プリンセス☆マジック」シリーズ、「ひみつの妖精ランド」シリーズ（以上ポプラ社）、「ネコ魔女見習いミルク」シリーズ（小学館）など多数。

絵／加々見絵里（かがみえり）
りぼん新人漫画賞佳作受賞でデビュー。少女漫画家＆イラストレーター。装画・挿絵作品に「スイッチ！」シリーズ（角川つばさ文庫）、「海色ダイアリー」シリーズ（集英社みらい文庫）、『はじまる恋キミの音』（ポケットショコラ）など多数。

推しキャラ教えてね！

POPLAR KIMINOVEL

ポプラキミノベル（い-03-03）

おちゃめなふたごの探偵《たんてい》ノート／新学期《しんがっき》

2025 年 5 月　第 1 刷

作　イーニッド・ブライトン
訳　田中亜希子
絵　加々見絵里
発行者　加藤裕樹
編　集　荒川寛子
発行所　株式会社ポプラ社
〒 141-8210　東京都品川区西五反田 3-5-8
JR 目黒 MARC ビル 12 階
ホームページ　www.kiminovel.jp
印刷・製本　中央精版印刷株式会社
ブックデザイン　東海林かつこ（next door design）
フォーマットデザイン　next door design

この本は、主な本文書体に、ユニバーサルデザインフォント（フォントワークス UD 明朝）を使用しています。

●落丁本・乱丁本はお取替えいたします。
ホームページ（www.poplar.co.jp）のお問い合わせ一覧よりご連絡ください。
●読者の皆様からのお便りをお待ちしております。いただいたお便りは著者にお渡しいたします。
●本書のコピー、スキャン、デジタル化等の無断複製は著作権法上での例外を除き禁じられています。
本書を代行業者等の第三者に依頼してスキャンやデジタル化することは、たとえ個人や家庭内での利用であっても著作権法上認められておりません。

Japanese text ©Akiko Tanaka　2025　Printed in Japan
ISBN978-4-591-18600-8　N.D.C.933　335p　18cm

P8052022